# 夢に向かって翔んだ Nobu《ノブ》さん

飯田　信

文芸社

# まえがき

十年程前から外国旅行に出かけるようになり、「これいくら?」「これちょうだい」程度の片言英語が通じるのが面白く、何度も行っている内に、地元の人ともっと話してみたいという大それた望みを持つようになり、とりあえず六ヶ月間英会話教室に通いはじめました。

中学生用の参考書を買い込み、重要と思われる文法や単語、短文は半紙に書いて家の中のいたるところに貼り、何十年ぶりかに英語の勉強を始めましたが、このことは誰にも内緒にしていました。ですから、「これからちょっとお邪魔してもいい?」と誰かから電話が入ると、あわててその半紙を剥がし押入れに隠し、客人が帰ると又貼り直すという涙ぐましい努力もしました。思いつくと後先考えずに一歩どころか二、三歩も踏み出してしまう私は、この努力で英語が少しはわかるようになったと錯覚して年末年始の休みを利用しロンドンへ短期語学留学に行ったのです。

イギリス人の家庭にホームステイし、私にはすでに遠い昔になった学生生活を再現しました。英語は思ったほどにはわかりませんでしたが、短期間なので大きなトラブルも無く、ちょうどクリスマスの時期でもあり本当に楽しい経験をしました。

それから数年後、今度は「ロンドンに一年ホームステイすれば、きっと英語が上達し話せるようになるだろう」と甘い幻想をいだくようになりました。

外国に住むのは語学力もさることながら、体力、気力の勝負だと思った私は「一歳でも若いうちに行こう！」「後で行かなかったことを後悔するより行って後悔する方がまし！」と決心しました。

そうして三十七年間も勤めた公務員の職を辞し、夢を実現すべくロンドンへ翔んだのです。

無論、一年という長期間なので不安もありました。でも、それにも勝る夢と希望が私の背中を押し足を踏み出させたのです。

この本は、英語もろくに話せない五十六歳のオバサンが異国でホームステイをし、泣いたり笑ったり、落ち込んだり、勇気づけられたりしながら一年間暮らした記録です。

英語はさっぱり上達しませんでしたが、ロンドンに行かなければできないことを沢山経験してきました。今はロンドンで過ごしたこの一年が、私の人生で最も大切な宝物だと思っています。

# 夢に向かって翔んだＮｏｂｕさん◎目次

# 第一章

## 夢へのスタート

# 三月二十七日　月曜日

飛行機の足がガクンと着地した。

着いた！　長い十三時間の空の旅だったけど、とうとうロンドンに到着した。さあ、これから一年間、私はここで暮らすんだ。頑張るぞ！　何だか体の中からフツフツと力が湧いてきた。が、すぐこの希望にふくらんだ胸をペチャンコにする事件が起きた。

まず、パスポートコントロール係官から「何しに来たの？」「英語の勉強」「どのくらいいるの？」「一年間」のやりとりの後、帰りの飛行機のチケット、預金の残高証明書、学校の入学許可証を見せた。

私は一年のコースを選んだけど、前の経験から学校の斡旋するホームステイ先はあたりはずれがあることを学んでいたので、とりあえず九月までの二タームの授業料とホームステイ代しか払っていなかった。入学して、学校、ホームステイ先が自分に合うと思ったら残額を支払うつもりだったので、入学許可証は二ターム（九月八日）までしかない。係官はその日付を指さし、ここまでなので六ヶ月だからツーリスト（観光客）だという。この日以降も学校を続けるということを、私の少ないボキャブラリで必死に主張したがダメだった。

私のパスポートには観光客と同じ滞在期間六ヶ月の印がポーンと捺された。

次に私と久美（三女）は送迎タクシーを頼んでおいた指定の場所へ行ったけど、ドライバーがいない。窓口で名前を言い、ドライバーがいないことを告げたら、その女性はあちこち電話して「もう少しここでお待ち下さい」。

結局、私たちは三十分以上待って、やっとロンドン名物のキャブ（タクシー）に乗れ、ホテルに着いた。

キャブのドライバー、ホテルのフロント、レストランの従業員、換金所のオジサン、そうじのオバサン……、ヒースローに着いてからこのホテルまで、イギリスだというのにイギリス人がいないのだ。英語もなまりがあってよくわからない。「久美はイギリス人に会いたい、イギリス人はいないの？」とわめいていた。

## 三月二十八日　火曜日

まず、ロンドンに私の口座を作ろうとして、日本から持ってきた本に、三つの日本の銀行が載っていたので、おそるおそる電話してみた。どの銀行も電話に出た人が日本人だったのでホッとするが、二つの銀行は個人口座は受けつけていないという。もう一つの銀行は口座を作れるが、お金の出し入れは直接その銀行へ行かなければならず、とても不便だということがわかった。

そこで、ちょうどホテルのすぐそばにイギリスの銀行があったので、そこへ行くことにした。お客さま相談コーナーがあり、口座を作りたい旨を告げると、いろいろ質問された。しかし、私にはわからない英語ばかりで久美が必死に答えてくれた。こちらがわからないと、銀行の女性はメモに書いてくれ、久美が辞書をひくというやりとりだったが、結局一年以上滞在しないと作れないとのことだった。

それで日本の私の口座のある銀行のキャッシュカードでロンドンのどこの銀行でもポンドで引き落とせる方法にした（これは一回引き落とすごとに二百円の手数料がかかる）。

午後はホームステイ先を見に行った。

ロンドンは各家に表札がない代わりに、家の番号がついているので、この番号さえわかれば探すのは簡単。それに通りを挟んで一方が奇数、もう一方が偶数の番号になっているのだ。

ホームステイ先は、テラスドハウスと呼ばれる、イギリス特有の二階建ての家が隣りとくっついてズーッと続いている所だった。番号を見ながらその家並の一番奥まで行ったけど、私のステイ先が見つからない。

頭の中は？？？。そしたらなんとその一番奥にある三階建てのアパートだった。ちょっとがっかりしながらその家の玄関のチャイムを鳴らすと、出てきたのは黒人親子。

「え？」「どうして」等々が私の頭の中を飛び交う。私はなんとなくロンドンにステイするのだからイギリス人のところだと思い込んでいたのだ。日本には黒人が少なく、私の周りにもいなかったので、これから一緒に暮らしていくのにどう接していいのか、頭の中はパニックだった。中を見せてもらったけど、私の部屋はとても狭く、ベッドと机と本箱でいっぱい。ロッカーは半分しかドアが開かない（部屋が狭すぎて、スーツケースを床で全開にはできないのでベッドの上しかないくらいだった。私の居場所もベッドの上）。

久美はカナダでホームステイしていた時は、広くきれいな部屋だったので、この様子を見て驚いていた。でも今はどうにもならないので、日曜日に久美をヒースロー空港へ送ってからここへ移ることに決めた。

## 三月二十九日　火曜日

昨夜は一晩中眠れなかった。とてもあの家であの人達とは住めない。明日学校へ行って断ろうと思った。でも今朝になったら、私の英語力ではホームステイ先を変えてもらう理由をうまく説明できそうもないのであきらめることにした。（でも、実際一緒に暮らしてみるととても良い人達で、私の思慮の足りなさ、理解不足がよくわかった。）

今日は日本大使館へ行く。その中にある日本領事館に在留届を出す。イギリスの役所にも外国人登録は必要かとたずねたら、今、日本人は必要ナシとのことだった。

大使館の手続きを終えた後、今までの出来事を日本にいるはじめちゃんに知らせようと、公園にある公衆電話へ向かった。

電話は五つ並んでいたが、日本で加入した格安通話の方法でかかったのは最後の一つだけで、残りはすべてダメだった。

同じ電話で残りの四つがかけられないのは故障か、システムの違いか不明だが、とにかくボタンを三十七回も押した挙げ句かからないとガクッとくる（この後も電話では苦労の連続だった）。

このように理由がわからずに物事が進まないとパニックに陥り、落ち込んでしまい、ヒースロー空港に降り立った時の「頑張るぞ！」のあの気持ちはどこへやら、不安ばかりが大きくなる。久美が外国へ来ると毎日新しい発見があって、日本にいては味わえない素晴らしい喜びがあると言っていたけど、これは本当。思った通りに事は運ばないと頭でわかっていても、つい焦ったりイライラしてしまう。でもそれができた時は不安が喜びに代わり、ヤッター！　となる。こうして一つ一つクリアしていくのね。

観光で来た時とは違いすべて自分でやらなくてはいけないので初めての体験が多く、カナダで一年暮らしたことのある久美に、最初の一週間だけ一緒に来てもらってよかった。特にこの前の銀行のようなことがあるとそう思う。

そういえば、ホームステイ先の人も久美の方ばかり見て話していた。

## 四月四日　火曜日

いよいよ昨日から学校がスタートした。

まず学校へ行ったら日本人ばかり十～十五人くらいずつ一教室に集められ、学校の説明とテストが行われた。テストは予想通り全然できなかった。

今朝登校するとクラス別の名簿が貼り出されていた。そのクラスへ行ったら、なんと英語が上手に話せる日本人が多い。なんで私がこのクラスに割り当てられたのか不思議に思っていると、先生が来て「ノブ、ごめん。僕が間違えた！　ノブはこのクラスじゃないよ」と言われ「教務担当のバーバラの所へ行って」と言われた。

私は早速彼女に「やさしいクラスに入れて」と頼むと、バーバラが私を連れてあるクラスへ行った。バーバラが頼んだら満員だと断られてしまい、他のクラスも同様に断られてしまった。バーバラがこっちで待っているようにと私を廊下に置いて、事務所に戻る。私は一人で「アーア、どうなるのかしら？」「でも授業料は払っているのだから、どこかへは入れるのだろう」等、考えていた。しかし、自分の行く先が決まらないというのはとても不安なことだ。

バーバラが戻って来て、また私を連れてあるクラスへ行く。そこでやっと受け入れてもらい、ホッとした。先生の名前はショーン。とても一生懸命教えてくださる。やさしい男性の先生です。（ダンスの先生もしているとか）

クラスは、日本人の男の子が二人、女の子が五人、私、ブラジル、トルコ、ベネズエラの女の子が一人ずつ。韓国の男の子が一人といったところ。五十代の私と、三十代の日本人女性以外はみんな二十代だ。

私たちのコースは長いので授業内容は日本の中学一年レベルからで今はゲームのようなことをおりまぜながら進むので、若い子と一緒に楽しんで勉強している。

一時に授業が終わるが、私は二十代の子と一緒の行動より一人の方がいいので、お昼は学校のそばの公園で一人で食べている。公園は今、日本の八重桜が満開でとても美しい。今年は日本で桜が見られなかったけど、ロンドンで見ることができて嬉しい。

## 四月七日　金曜日

今日までアッという間に二週間が過ぎたけど、今、ロンドンの公園でこうやって座っていることが、自分でも信じられない。夢の中みたい……。本当にロンドンに来ることができたんだと、ジワーと喜びがわき上がってくる。

一年の準備期間をかけ、三月に三十七年間も働いた職場を辞め、たくさんの不安はあったけど、それにも勝る希望が私の足を一歩踏み出させたのだ。ロンドンに来て実際にいろいろな問題にぶち当た

恐縮ですが
切手を貼っ
てお出しく
ださい

112-0004

東京都文京区
後楽2－23－12
(株) 文芸社
ご愛読者カード係行

| | | | | | |
|---|---|---|---|---|---|
| 書　名 | | | | | |
| お買上<br>書店名 | 都道<br>府県 | 市区<br>郡 | | 書店 | |
| ふりがな<br>お名前 | | | 明治<br>大正<br>昭和　年生　歳 | | |
| ふりがな<br>ご住所 | □□□-□□□□ | | | 性別<br>男・女 | |
| お電話<br>番　号 | （ブックサービスの際、必要） | ご職業 | | | |

お買い求めの動機
1. 書店店頭で見て　2. 小社の目録を見て　3. 人にすすめられて
4. 新聞広告、雑誌記事、書評を見て（新聞、雑誌名　）

上の質問に1.と答えられた方の直接的な動機
1. タイトルにひかれた　2. 著者　3. 目次　4. カバーデザイン　5. 帯　6. その他

| | | |
|---|---|---|
| ご講読新聞　新聞 | ご講読雑誌 | |

文芸社の本をお買い求めいただきありがとうございます。

この愛読者カードは今後の小社出版の企画およびイベント等の資料として役立たせていただきます。

| |
|---|
| 本書についてのご意見、ご感想をお聞かせ下さい。<br>① 内容について |
| ② カバー、タイトル、編集について |
| 今後、出版する上でとりあげてほしいテーマを挙げて下さい。 |
| 最近読んでおもしろかった本をお聞かせ下さい。 |
| お客様の研究成果やお考えを出版してみたいというお気持ちはありますか。<br>ある　　ない　　内容・テーマ（　　　　　　） |
| 「ある」場合、小社の担当者から出版のご案内が必要ですか。<br>希望する　　希望しない |

ご協力ありがとうございました。


〈ブックサービスのご案内〉

小社では、書籍の直接販売を料金着払いの宅急便サービスにて承っております。ご購入希望がございましたら下の欄に書名と冊数をお書きの上ご返送下さい。（送料１回380円）

| ご注文書名 | 冊数 | ご注文書名 | 冊数 |
|---|---|---|---|
| | 冊 | | 冊 |
| | 冊 | | 冊 |

り、くじけそうになったり、不安で落ち込んだりした時、あの上野駅のはじめちゃんの笑顔を思い出す。久美とスカイライナーに乗る時、階段をおりようとして、フト前方を見ると、はじめちゃんのやさしい笑顔があった。その笑顔は、「頑張るんだよ。はじめちゃんがついているから」と言っているようだった。

これからもきっと多くの困難や問題にぶち当たり、落ち込んだり泣いたりすると思う。でもそんな時ははじめちゃんのあの笑顔を思い出し、一年間頑張るぞ！

そう！　私のステイする一家は夫婦と息子で、モーリシャス（マダガスカル島の近くの小さな島）出身で、お米が常食で、フランス語を話すのだけど、私には英語で話してくれる。二人ともとても親切な人達です。チューブ（地下鉄）とバスが一緒になった定期券の買い方を教えてくれたり（近くのショップで売っている）、ラジオを貸してくれたり、図書館まで一緒に行ってくれたりする。

学校までは家からマナハウスというチューブの駅まで徒歩二十分（バスもある）。そこからピカデリーラインでラッセルスクウェアという駅まで十分。学校まで徒歩五分。ほぼ四十分の行程だ。朝チューブの駅には無料のメトロという新聞が置いてあり、誰でも自由にもらえる。クラスメートもみんな持って来ている。新聞だからもちろん読む勉強にもなるけど、公園のベンチがいっぱいの時はそれを敷いて座ったりする。この様に少しずつロンドンの生活に慣れていくのだろう。

## 四月十四日　金曜日

はじめちゃん、私の退職金はキチンと振り込まれたでしょうか？　心配です。

今日は天気がもちそうなので、赤いコートを着て、河原さんよりいただいた赤い時計をつけた（この赤い時計は元気が出る時計だという）。さあ、今日一日元気頑張るぞ！

学校の休み時間に郵便局に行って、私の日記の第一号を日本へ送った。

私たちのクラスは先生の考えで、十分休みと二十分休みを続けてとることにしたので、計三十分休みがあるの。ちょっとした用を足すのにちょうどよい。私は授業に疲れると学校の斜め向かいの公園で息ぬきをすることにしている。

ちょうど、今日で二週間。みんなも緊張がとれてきて疲れが出始めるとき。クラスで一番できるケンタがいつもみんなわからないときも真っ先に答えるのに、今日は元気がなかった。帰りに入り口のところで会ったら「疲れましたねえ」と言っていた。私も「やっと、一週間が終わった。今日行けば二日休みだぞ！」なんて言って、勤めていたときと同じだなと自分でも可笑しかった。

昼はクラスメートのユミコと近くの公園に行って、パンとドリンクを買って一緒に食べた。でも、寒さには勝てなくて近くの喫茶店に行ってそこでお喋り。彼女は一人で外国のあちこちを個人旅行してきたらしく、英会話教室にも通ったし、教育テレビの英会話も勉強したと言っていた。旅行では不自由しないけど、現地の人と話せるようになりたくてロンドンに来たんだって。彼女もあのクラスの授業を受けているだけでは上達しないだろうし、なんとかしなければと思っているようだ。私も同感。気がついたら三時間以上も話していた。いろいろ考えさせられることが多くて、I had a nice time.でした。

駅で絵ハガキを三枚買ってから家に帰り、家の近くでルルとオモー（ホームステイ先のホストマザーとその息子）に会ったので、「どこに行くの？」と聞いたら、オモーの咳がひどいので医者に行くと言っていた。

それと、今日、学校のコンピューターでメールを送受信する方法をベネズエラのメアリーに聞いた。メアリーは毎日コンピュータールームに行ってメールの送受信をしているとのこと。お金はかからないし、こっちでアドレスを取得しなくても私が最初にメールを送って、それをはじめちゃんが返信してくれればいいらしい。ただ、ローマ字で送るから、送る方はいいけど、読む方が面倒だろうと笑っていた。来週はそのやり方をきちんと教えてもらい、自分でも送ってみようと思う。

## 四月十五日　土曜日

さすがに起きるのがつらくて八時頃までベッドにいた。やれやれと起き出して、牛乳、ティー、オレンジ、トースト二枚で朝食を済ませた。それから十一時頃まで勉強。

昨日先生がナショナルギャラリーの六枚の組み絵に関する宿題を出したので、まず訳してみた。難しい単語が多いので、ときどき辞書を引いたりしているとなかなか進まない。でも、物語が徐々にわかってくるのは面白いね。医者が偽医者だったり、伯爵婦人が女の弁護士を恋人にしていたり、医者の妻が犯罪者だったり……。たいへんだけど面白かった。

外を見ると、ちょうど雨も止んだようだ。家の三人も起き出してガタガタやっていたけど、そのうちに静かになった。どうやらマレック（ホームステイ先の夫）の車で出かけたらしい。私もたくさん着込んで郵便局に手紙を出しに行き、そのあと、近くのスーパーでプレーンヨーグルト（九十九ペンス）と少量のクルミ入りパン（九十九ペンス）を買って帰った。

十二時を過ぎても外は冷え込んでいたので、コーヒーを入れ、オレンジ一個とさっき買ったパンを窓辺で食べた。このクルミパンは中にすごく甘いクリームが入っていてガックリ。食べ終わったらなんとなく胃がもたれて、買って失敗した。ルルが昼食を出してくれても、断ろうと思った。

みんなが帰ってくると、やはりルルが「ノブ、下りておいで、ランチ！」と声をかけてきたので、一階に行って「今日はランチはいいよ」と言ったら、真顔でたしなめられた。とにかく土曜、日曜のランチはこの家ではついているのだから遠慮なくしっかり食べなさい、というようなことを言っている。それで、ルルが食事を作っている間、ティーを入れたり、パンを焼いたりして手伝った。オイルサーディンを細かく切ってトマトと青トオガラシを加えドレッシングであえたもの。これをトーストに挟んで食べてみたら、とても美味しかった。ルルの料理は本当に美味しい。

昼食後、自分の部屋の掃除をしようと思って掃除機を借りたのだけど、こっちの掃除機はバカデカイうえに、音もすごくうるさかった。

オモーはやさしい少年で、私が部屋に掃除機をかけ終わった頃にやって来て、「掃除が終わったところ」と言うと、掃除機を下まで持っていってくれた。普段はルルによく怒られているけど、ちゃんと両親の言うことを聞く。

ルルも洗濯すると言うのでベッドカバーと布団カバーと枕カバーをはずす。彼女は週に一回しか洗濯をしないので、洗濯物の量もすごく、週に二、三回に分けて洗濯すればいいのにと思ったけど、人の家のことだから黙っていた。でも、私の服を日曜に洗濯されると困ってしまう。というのも月曜日までに乾かないと着ていく服がなくなってしまうからだ。好きなときに五ポンド払い、自分で洗濯させてもらえるようにルルに頼んでみようと思った。

夕食のときにルルが、「ノブの服は明日洗ってあげるから」と言った。これはグッドチャンスと思い、「ルル、自分のは自分で洗うよ。明日の朝に洗濯しようと思うから、使い方を教えて」と頼んでみると、あっけなく「いいよ」と言った。ルルに使い方を説明してもらって、それをメモ帳に書き取っていると、オモーが「宿題?」と聞いてきたので、「そう、洗濯機の使い方の宿題なの」と言って、ルルと笑った。

今夜のメニューは、お米、白菜のスープ、肉じゃが、キュウリの酢のモノ。「今日のメニューはすべて日本の料理にあるから、あなた方が日本に来ても大丈夫ね」と教えたら、マレックが「でも、はしを使うのが難しい」と言っていた。この家庭では日本料理が普通に出されることをクラスメートに話したら、泣いて羨ましがるかもしれない（日本人のクラスメートは日本食に飢えている）。

デザートに大きなイチゴが出た。果物（バナナ、オレンジ、リンゴなど）は台所のテーブルにあるので、好きに食べていいと言ってくれた。それと私の好きなヨーグルトを先週は三つも買ってくれて、他にもアイスクリームとかお菓子で食べたいものはないかと、ルルもマレックも気を遣ってくれる。

今の私の願いは、好きな時に洗濯機が使えて、それを天日で干したものを上から下まで身につけること。それと、たっぷりお湯をためて、その中で手足を伸ばしてゆっくりお風呂につかること（お湯が少ししか出ないし、家族の人もみなシャワーだけなので、私も諦めた）。この二つが今の私の願いだ。

## 四月十七日　月曜日

朝から晴れたり雨が降ったりの不安定な天気。今日から定期券を一、二ゾーン（区間）にして（駅から家の途中でゾーンが変わるので、二ゾーンだと駅まで歩く。三ゾーンを買うとバスが使える）バスには乗らないことにしたので、これで一週間あたり三・五ポンド安くなった。でも、ちょうど出かけるときに雨が降り出したので、バス賃の七十ペンスがあるかと財布の中を見ると、二十ポンド札しかない。バスに乗ったときに二十ポンド札を出したらドライバーに叱られそうだったけど、来たバスがちょうど空いていたので「ソーリー」と言って渡すと、特に何も言われなかった。

やはり定期を三ゾーンまでにしておいた方がいいのかもしれない。夕食のときにそのことをルルとマレックに話したら、「そうだよ、三ゾーン買った方がいいよ」と言われた。

学校で三十分の休み時間に隣のアメリカンエクスプレスに行き、手数料を取られずに日本円をポンドに替えてくれるのか試してみた。苦労して十三ページもある学校の案内書を読んだら、やはり役に立つことがいろいろと書かれていて、そのひとつに、このアメリカンエクスプレスでは学生証を提示すると手数料なしでチェンジしてくれると書いてあった。クラスメイトもトラベラーズチェックを現金化するときに手数料を取られなかったと言っていた。

一応は学生証を持って行ったのだけど、そんなものはよく確かめもしないで手数料なしで取り替えてくれた。今日のレートは一ポンドが百七十四・七円だったから一万円で五十七・二四ポンド。

学校の休み時間、うちの教室にひとつ上のクラスにいる日本人の女の子が来ていた。先生の言うことが全然わからないんだって。今夜もうちの教室の子と飲みに行く相談をしていたようだし、それではいつまでたっても英語が話せるようにはならないと思う。

授業のあと、ユミコといつもの公園に行って食事をした。彼女は昨日から二週間、ステイ先を他の家へ移動することになっていた。そこは駅から徒歩二分の一戸建てで、部屋は広いしテレビもあるし、おまけにコンセントの差込口が七つもあると笑っていた。内装も綺麗でB&Bにいるみたいだと言っていたけど、食事が終わると、「さあ、ご自分の部屋にどうぞ」という感じなんだって。疲れているときはいいけれど、会話の勉強にはならないだろうなと思う。私なんてお喋りだし、ルルも話し好きでよく話しかけてくる。それにマレックやオモーも会話に加わってくるので、私にはこの環境が一番勉強になっていると思う。

ユミコは今まで十年間もロンドンに留学することを考えていて、今行かなかったら、また十年間悩むことになるなと思ったので、ついに思い切って来たそうだ。しかも、全部一人で手続きして、学校ともメールでやり取りしていたという。やっぱり一人で海外旅行をするような人はどこか少し違う。他の学校の資料も取り寄せたけど、このセントジャイルズが一番安かったようだ（だから一クラスの生徒数も多いんだね）。

彼女と話し合ってお互いに確認したのは、やはりネイティブの人たちとの会話を実践すること。私もこれが一番だと思っているので、ルルたち以外の人ともどんどん話すようにしたい。

今日は、それほど難しくはないけれど宿題がたくさん出て、さっき私の答案をルルに見てもらった。もう十時半なので寝ることにする。

## 四月十八日　火曜日

今日は面白いことがあった。はじめちゃんに電話をして家に帰る途中、小柄なおじいさんが後ろから陽気に声をかけてきた。「How are you?」　無視して歩き始めると、またそのおじいさんが声をかけてくるので、立ち止まって「どこの家に住んでいるの?」と質問をしたら、うちの並びのテラスドハウスの八二号に住んでいるとのこと。

学校で習ったけど、一軒家は〝デタッチドハウス〟、二軒隣合わせにくっついているのが〝セミデタッチドハウス〟、同じような家がいくつも横にくっついているのが〝テラスドハウス〟と言うんだって。

お茶でも飲んでいけと言うので、一瞬躊躇したけどOKと返事をした。おじいさん自身はドレスを作る工場に勤務していたけど、定年退職したらしい。奥さんは息子さんが四歳のときに亡くなったそうだ。息子と娘が一人ずついて、息子さんは教師、娘さんはエステで働いていたけど、今は双子の子供の世話で勤めていないとも言っていた。

おじいさんの住むテラスドハウスは、一階が自宅で、二階の三室は人に貸している。一人暮らしのわりには部屋の中が綺麗なので驚いた。ティーをいただいて、三十分くらい話をしてから家に帰った。

帰宅後、おじいさんに書いてもらったメモ帳を見て気づいたけど、おじいさんの出身はサイプロス(日本ではキプロスというがこちらが正式)だった。そういえば、四時間くらいで行けるからしょっちゅう帰っているとも言っていた。私には子供がいるのに、どうして一年もこっちにいるんだと尋ねるから、英語の勉強しに来たのだと答えた。おじいさんもけっこう訛りがあったけど、英会話教室と同じ要領で話したら、お互いに意味は通じていたみたいだ。

家も近いことだし、週に一回くらいは英会話の相手にちょうどいいかもしれない。本当は女性同士の方が話題も多いし、話しやすいんだけど、イギリスの女性と友達になるのはすごくたいへんだとクラスメートが言っていた。イギリス人の女友達が五人もいれば、それだけで英会話教室に月曜から金曜まで行っているのと同じくらいの効果があるんだけど……。

そういえば、以前からケンブリッヂに行ってみたいと言っていたら、ユミコが昨日ピカデリーサーカスにあるインフォメーションからパンフレットをもらってきてくれた。ここからだと電車で約一時間。バスでも行けるというので、今度の休みにでも行ってみようかな。

オモーは土曜日から二週間のイースターホリデイなんだって。オモーに羨ましいなと言ったら、「よくないよ、ボクは学校が好きだから」と言い返されてしまった。そういえばルルも、「この子は少しくらい風邪をひいても学校に行ってしまうの」と言っていた。

オモーは休みに入っても朝の七時半にはルルと一緒に出かけて、夕方四時半頃に一緒に帰ってくる。どこに行っているのか夕食のときに聞いたら、ルルのお兄さんの家へ行っているんだって。

今週の土曜にレイラ（ルルの姪）の一家がディナーに来るらしい。ルルに「ノブも一緒に出席するんだよ」と言われているけど、気が重い。でも、一度はああいう席に出て、慣れなくちゃ……。

そうそう、はじめちゃんに電話したとき、私の退職金も無事振り込まれているとのことで安心した（当たり前のことだけど）。

## 四月二十日　木曜日

朝、目が覚めたら小雨が降っていた。でも気温は高かったから、リバーシブルのコートを着て学校に出かけた。

クラスのみんなは疲れているみたいだ。一番できるケンタと一番できないアルズが、また今日も二時間遅刻して来た。今日の授業は英語の歌を聴かせ、その発音を聞き取らせるもの。私はこれが苦手だけど、若い子は普段から英語の歌を聞き慣れているので正確に聞き分けている。二人でペアになって答え合わせをするんだけど、「ごめん、私全然聞き取れなかったの」と正直に話した。

でも、ネイティブの発音を聞くのはとても大切なことだから、日本も早いうちから授業でこういう聞き取りをやった方がいいと思う。私は耳が慣れていないので、聞き取れない。

今朝、エリザベス（四年前に三週間ホームステイした）のおみやげとして加賀友禅のハンカチを持って来たけど、雨だからどうしようか考えていた。だけど授業が終わってそのまま家に帰る気にもならないので、とりあえずトルコ人とかギリシャ人が集まる安い食堂に行って昼食をとることにした。店員のお兄さんが私のことを覚えていて、食堂に入るとにっこり笑って「元気か？」と聞いてきた。「私は元気だよ」「そうか、でも雨続きで嫌だねえ」……みたいな会話をした。ゴマのふってあるパンにキュウリ、トマトを挟んだものとカフェオレで二ポンドだった。

食べ終わった時、やっぱりエリザベスのところに行くことにした。途中の駅で乗り換えてアーチウエイに着くと、懐かしい風景が広がった。駅前のパン屋もまだあった。エリザベスはいるかなあと思ってドアのブザーを鳴らすと、中から彼女が現れたので、思わず二人で抱き合ってしまった。

以前と同じように「Would you like tea or coffee?」と尋ねてきたので、ティーを出してもらった。エリザベスが久実子さんという日本人女性を紹介してくれた。彼女はロンドンに四年間滞在していて、今は舞台衣装の勉強をしている。一年目は学生として、二、三年目は働いてお金を貯めて、四年目の現在は舞台衣装の勉強中だという。予定では今年の七月に日本に帰国するようだ。

エリザベスが息子さんの結婚式の写真を見せてくれた。それに久美がハワイで結婚式を挙げたときに送った絵ハガキのことを覚えていてくれて、その話もした。彼女の家は今、四人の学生をステイさせているそうで、久実子さんは屋根裏の広い部屋に住んでいる。裁縫をするときは周りに道具をたくさん置くから、広くなければダメなんだって。

エリザベスの話はすごくわかりやすい。私でもわかるようにゆっくり、しかもはっきりと発音してくれる。今日の会話はほとんど理解できた。一通り話をしたあと、エリザベスから買い物に付き合わないかと誘われた。彼女が運転する車でスーパーまで行く途中、「ほら、この道を覚えているか？」「この教会は？」と尋ねられたので、四年前のことをいろいろ思い出してしまった。

そのうちに大きな公園に出たときに「これはフィンズベリーパークだよ」と言われたので、あっ、これは私が今ステイしている家の隣の駅で、私がよく行く公園はこの大きな公園の一部だったんだ、ということに気づいた。どんどん私の知っている風景が現れてきたので、「エリザベス、私のステイしている家はこの辺だよ！」と教えてあげた。

私も知っているマクドナルドのすぐ後ろに大きなスーパーマーケットがあり、ここにはよくルル達も買い物に来るみたいだ。スーパーではスティしている四人分の食料を買わなければいけないから本当にたいへん。エリザベスも私が一緒にいてくれて助かったと言っていた。買い物が終わったときに、自然と「必要なものはすべて見つかったの？」というフレーズが口から出てきた。前に勉強したフレーズだけど、こんなに早く役に立つとは思わなかった。

帰りは私の家まで車で送ってくれると言ったけど、隣の席で「そこを曲がって」とかうまく説明できそうもないから、歩いて帰ることにした。二人とも「会えてよかった」と言い合って、また近いうちに遊びに行く約束をした。

来週の二十七日の水曜日にクラシックのコンサートがあるから一緒に行こうと誘われたけど、家に戻ってカレンダーを見たら二十七日は木曜日。二十六日と二十七日、どっちなんだろう？　チケットはいくらするのか聞かなかったけれども、ここしばらくクラシックのコンサートはご無沙汰なので、この辺で息抜きさせてください。楽しみだ。ラン♪　ラン♪♪

# 四月二十一日　金曜日

今日から四日間イースターホリディとかで学校は休み。私はこの四日間、勉強の他に二つの課題がある。ひとつは明日の夜にパーティーが開かれて、ルルのお兄さん家族が来るので、まずこれに出席すること……すごいプレッシャー。もうひとつはケンブリッヂに一人で行ってくること。土曜日に行こうと思っていたけど、今朝起きたら空も晴れ上がっていたので、最初はゆっくり洗濯でもしようかなと思っていたのを、もう一度考え直して、「やっぱり行こう！」と自分を奮い立たせた。こっちの天気はわからないから、今日を逃すとまた二日後に晴れるとは限らない。そこで洗濯機が回っている間に朝食をとって、すぐにケンブリッヂに行く準備を始める。洗濯が終わったので、居間に干して八時四十分に家を出た。

キングクロス駅に着き、当日券売場で「リターンチケットでケンブリッヂまで」と言ったら、売場のお姉さんが「それは下の階」と言う。下の階の窓口ですごく太った黒人のオバチャンに同じことを告げると三ポンドだと言う。「えっ、三ポンド？」と聞くと、やっぱりそうだと言う。水曜日に駅の下見に来たときは窓口のお兄さんが十四・六ポンドと言っていたのに。いくら学割がきくからといって、本当に大丈夫？　でも、黒人のオバチャンがそう言うのだからまあいいか。

列車が発車するのは別の建物のホームで、これは水曜日に下見に来て確認していたけど、ボードにケンブリッヂ行きは「10—B」と掲示されている。この「B」が何を意味するのかわからなくて、近くにいたやさしそうな運転手のオジサンに聞いてみた。すると「それはあそこのホームがBで、列車が最初に停まる駅がケンブリッヂです。マダム」と丁寧に教えてくれた。

発車掲示板で見たものより一本早い列車で、ノンストップでケンブリッヂまで行くようだ。乗り込む前にもう一度近くのお姉さんに「これはケンブリッヂ行きですか？」と尋ねると、「そうよ」と答えてくれた。

外には田園風景が広がり、菜の花が盛りで黄色い絨毯が敷かれたようだ。風景に見入っていると、四十五分くらいで到着した。駅から街の中心部まではバスで十分ぐらいだった。最初に入った教会は、ステンドグラスがとても美しかった。

次にキングスカレッジを探して歩いたけれどなかなか見つからなくて、周囲の人に行き方を聞いて（みんなとても親切）なんとかたどり着く。しかし十二時半にならないと構内を見学できないので、他を見学したり絵ハガキを買ったりしていたら、いつの間にかボート乗り場に出た。

ケンブリッヂはカナル（運河）が有名で二〜十人乗りのボートが何艘も浮かんでいる。乗船時間は四十五分くらいで料金は八ポンド。一瞬ためらったけど、せっかく来たんだから思い切って乗ることにした。このカナル沿いには多くの大学があって、それがボートから一望できる。朝は雨が降っていたけど、十一時くらいから晴れ渡ってとても気持ちよかった。ボートはゆったりとすすみ、いくつもの橋をくぐる。カナルに面している大学の庭はどれも広く、芝生も手入れがされていた。

ボートを下りるとお腹が猛烈に空いたので、スーパーでサンドウィッチを買ってキングスカレッジの前の柵に腰かけ、他の人たちと並んで食べた。

　近くに町の象徴になっている教会があって、扇形の天井とステンドグラスがとても美しい。見学料は三・五ポンドとちょっと高いけど入ってみることにした。見学料を払ったあとで「学生割引はありますか?」と聞いたら、レジのオジサンに「最初に言ってくださいね」とやさしく注意されたけど、二・五ポンドにしてくれた。この年で学生証を持てるなんて考えてもみなかったので、すごーくうれしい。学生証で安くなることよりも、持てたことの方がうれしくて、日本の友人たちに見せたい気持ち。中に入るとステンドグラスの美しさに圧倒された。しかも今日は天気がいいので陽の光が射し込み、言葉では言い表せないほど素晴らしいものだった。教会の中で絵ハガキを書いて庭に出て、そこからカナルに浮かぶボートを眺めた。

　帰りは駅まで徒歩。久しぶりに長距離を歩いたので心身ともに疲れてしまった。駅構内の喫茶店でカフェオレを飲んで、ちょうど駅に入ってきた各駅停車の列車に乗り込んだ。三時半頃なので車内も空いていて、のんびりくつろげた。各駅停車の旅もたまにはいいもんだ。

　五時に家に着くと洗濯物はやはり家の中だった。今日は外で干していないので、ズボンもパジャマも半乾きのまま。この家に乾燥機があればどんなにいいかと思う（洗濯物をどうやって乾かすか、今

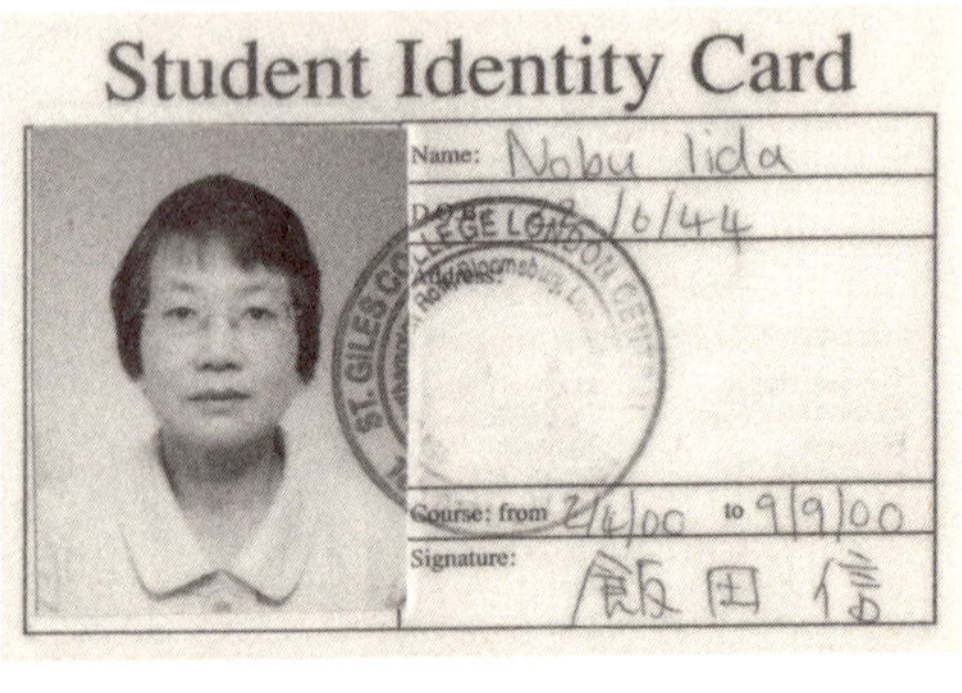

の私はいつもそればかり考えている)。

夕食のときにルルが「私たちベン(ルルの甥)の家に行くけど、ノブも一緒に来る?」と聞かれた。あれ、ルルのお兄さんが来るんじゃなかったっけ、しかも今日じゃなくて明日では?と思いながらも、つい「イエス」と言ってしまった。

夕食後、テレビを見ていたら、オモーが「ノブ、行くよ」と声をかけてきた。どうやらディナーとは無関係にベンの家に行くらしく、よかったら私も行かないかという話だった。今日はとても疲れていたので家に残らせてもらうことにした。シャワーも浴びたいし、パジャマも乾かしたかったから。

それと書き忘れたけど、列車のチケットは三ポンドではなかった。ケンブリッヂについて切符を渡すときに、案の定「これはダメだよ」と言われた。「私、ミスをしましたか?」と聞いたら、駅員さんが「大きなミスをしました」と笑いながら答えた。それで十四・六ポンドを払うことになり、結局三ポンドは無駄になった。

今日はこの辺で。本当に疲れたけど、素晴らしい一日だった。ラブリー。ラブリー(イギリス人はほめ言葉によくこれを使う。犬もラブリー、赤ン坊も花も素晴らしいこと、美しいものステキなもの等々みんなラブリー)。

## 四月二十五日　火曜日

四日も休日だと、学校へ行くのがしんどくなる。ルルもマレックも今日いっぱい、オモーは今週いっぱいまで休み。朝、まだ誰も起きてこないので、一人で食事をして出かける。

学校では隣にカヨコが座っていて、突然学校からホームステイ先を変更してくれといわれ、今回の休暇中に引っ越したようだ。まだ新しいステイ先になじめず、そんなときに風邪をひいてかなり落ち込んでいるようだ。

授業が終わったあと、久しぶりにユミコと公園で食事。彼女とは考え方がお互い似ているところがあり、お喋りしてもとても楽しい。日本の若い女の子たちはロンドンに来てまでパソコンや携帯電話をほしがって、日本の生活をそのまま持ち込もうとしていると彼女は言っていた。私も同感だ。

そうそうユミコもコーチ（バス）で二時間くらいかけてケンブリッジに行ってきたそうだ。彼女は『炎のランナー』という映画に感動して、この映画の舞台になった大学をじっくり見てきたようだ。

今日トイレでもベネズエラのメアリーがトルコ人のアルズにケンブリッジに行ってきた話をしていたので、つまり三人が別々にケンブリッジに行っていたことになる。お互いに見たいものも違っているし、一人きりの方が会話の勉強になるので、しばらくはどこかに行くにしても、誘いあったりしない方がいいのかなと思った。

公園でユミコと食事をしていたとき、ケンタが近くを通りかかったので声をかけた。彼はクラスでも一番英語が話せて、今日から上のクラスに編入したばかりだ。「どう、上のクラスは?」私の呼びかけに彼はニコニコしながら「みなさんも早く上のクラスに来てください、勉強の内容が全然違いますから」と答えていた。どうやらクラスが変わって気分も一新したようだ。

家に帰るとルルが洗濯物のアイロン掛けに奮闘していた。一週間の洗濯回数をもう少し増やせば、かえって楽になるのに。

話は変わるけど、ときどき空を飛んでいる飛行機を見ると、無性に日本に帰りたくなることがある(普段はそんなことを全然考えないけれど)。私の前世は鳥で、帰巣本能で巣に戻りたくなるのかしら?

## 四月二十六日　水曜日

はじめちゃん、私は今、学校のそばの公園でこの日記を書いている。お昼はコーヒーとパン一個、一・五ポンドで済ませた。さっきから四人掛けのイスに一人で座っているけど、オバサンが近くに来て「ここに座っていいですか?」と話しかけてきたので「どうぞ」と言うと、オバサンはポテトフライと目玉焼きを出して食べ始めた。私が「美味しそうないい匂い」と言ったら、ちょっと笑顔を見せたかと思うと、すぐに黙々と食べ始めた。邪魔しては悪いので、私も日記を書き始めることにする。

四時間目はコンピュータールームでパソコンを使っての勉強だけど、すごく目が疲れる。その間に先生のショーンと順番で面接を受けた。クラスの授業を楽しんでいるけど、先生の話すことは五〇％くらいしかわからない、それに理解するのに時間がかかるし、テープの聞き取りも苦手、このクラスだけではなくもっと他の人たちと話す時間がほしい……と伝えた。私の要望に対してショーンは丁寧に答えてくれた。特に、他の人たちと話すことについては、ショーン自身が授業の他に時間を割いてくれると言ってくれた。

と、ここで隣のオバサンが食べ終わったようなので、「花が綺麗ですね」と話題を振ってみると話にのってきて、自分は公園の隣のアジア・アフリカ大学（ルルの甥のベンが通っている大学）に勤めていると教えてくれた。「ロンドンは物価が高い」と言うので「東京も高いよ」と答えると、さらに「ロンドンは食べ物や電車の料金は高いけど、劇場や博物館の料金は安いのよ」と教えてくれた。その他にも「日本の四季ははっきりしているか？」「日本はオペラが高いのか？」とかいろいろ話をした。しばらくたつと、オバサンは「また仕事！」と立ち上がって去っていった。

家に帰るとトンちゃん（二女）から手紙が来ていた。彼女の手紙は、彼女と二人の子供と夫との生活について書いてあるのだけど、話がすごくおもしろくて、読むのが楽しい。疲れて帰ってきて、トンちゃんの手紙を読むととてもリラックスできる。さて、今夜は久しぶりのコンサート。

夕食をバナナと牛乳で軽く済ませて出かける用意を始めると、ルルたちもちょうど帰ってきたので、帰りが遅くなることを伝えて家を出た。五時半くらいにエリザベスの家に着くと、韓国人とトルコ人とブラジル人の三人も一緒に行くことになっていた。エリザベスの車で隣の駅まで向かい、そこからチューブ、バスと乗りついで劇場まで行った。ロイヤル・アルバートホールという有名な劇場で、内装もすごく豪華。私と他の三人はスーツ姿で、エリザベスはきちんとワンピースを着てとてもおしゃれだった。

コンサートの演目はロッシーニ、プッチーニ、ワーグナーの作品で、マリア・アーヴィングというソプラノ歌手とテノールの男性歌手が壇上で朗々と歌っていた。

休憩時間にエリザベスが何か飲もうと言うので、私は白ワインをお願いしたら、二本で一ポンドという安さ。お金はエリザベスが出してくれた。それをみんなで飲もうとしたら、コップが足りない。そうしたら韓国人の彼女がいきなりラッパ飲みし始めたので、とても恥ずかしかった……。

そのあとも素晴らしい歌を聴いて、コンサートが終わったのが十時。帰りはチューブの駅までバスで戻って、私はピカデリーラインで一本なのでそこでみんなと別れた。

それからがたいへんだった。隣の大きな駅で降りてから、自宅までタクシーに乗った方が良いと聞いたのだけど、、どこにもタクシーが停まっていない。周りの人に「タクシーはどこに行けば見つかりますか?」と聞いたら、そっちの方と答える人がいたので、そのまま歩いていくと、店はどこも閉店して、辺りも真っ暗。それに人もほとんど歩いていないので、本当に恐くなって泣きそうになった。殺されるのはこんな時かな? なんて考えがよぎる。

ちょうど一軒だけ店じまいの途中だったので、そこのお兄さんに尋ねたら、隣の事務所の人に声をかけてくれた。中からオジサンが出てきて、「どこに行く?」というので「隣町まで」と言って住所を見せたら、そこに停めてある彼の乗用車に乗れという(ロンドンの有名なキャブは安全だけれど値段が高い。このオジサンの車はミニキャブといって値段が安く、利用する人も多いらしい)。オジサンはよく道がわからないみたいだから、「マナハウスの駅まで行ってくれ」と告げると、OKと言って発車させた。オジサンは適当に車を停めたり、いつまでもずうっと走ったりで、気がつくととっくに目的地を過ぎていた。私が「ノー、戻って!」と言うと、横道に入ってそこでターンするという。とにかく大通りまで戻ってもらい、そこで降ろしてもらった。ボラられるかと思ったら、三・五ポンドでいいと言うから、まあこんなものだろうと思って、お金を払った。コンサートで素敵な音楽を聞いたあとのこの落差!

それから家まで駆け足で戻ると十一時十五分で、すでにみんなは眠っていた。私もシャワーを浴びてベッドに入ることにした。

## 四月二十八日　金曜日

夕べはルルとマレックがすごい夫婦喧嘩をしていた。マレックはおとなしくて、ルルがいつもヒステリックに怒鳴る。聞き慣れてはいても、あの怒鳴り声だけはビックリする。たぶんルルはすごく利発なんだと思う。だから、マレックを頼りなく感じてしまうんだよ。

今朝、ルルと二人で朝食をとったとき、「なぜモーリシャスから出てきたの？」と聞いたら、最初は勉強のためにだって。でも、すぐにお金がなくなって、働きたくても働き口がなくて大変だったと言っていた。

今日は授業で大英博物館に行くことになり、二つのグループに分かれた。グループごとにひとつ見る部屋を決めて、その部屋のある一作品に関するヒントを五つ出し、その作品を当てるというもの。でも、金曜日はみんな疲れているみたいで、休みの人も多い。若い女の子たちは朝まで飲んでいたとかで遅刻してきた。韓国人のキョンソーは、昨日他の生徒と先生とで公園でフットボールをしたので疲れたと笑っていた。

先生が「ブリティッシュミュージアムには何がある？」と聞いた。他の人はまったく関心がないようなので、私が「ロゼッタストーン」と答えると、先生はよく知ってるなという顔をした。

十時オープンなので、一時間だけ授業をしてから出かけた。博物館で見学した中では、胴体が馬で上半身が人間の大きな彫像、それがペアになっている作品が気に入った。メアリーはギリシャの神殿に感動していた。ショーンがやって来て一人ずつ声をかける。「ノブはどの作品が気に入った？」「私はあの彫像が好きだ」と答えた。ちなみにこの作品は、紀元前七二一―七〇五年あたりにアッシリアで制作され、題名は「Assrrian King Sargon」というそうだ。

集合時間になったので一度集まり、相手グループの作品を当てることになった。それはオリエントのフロアーにある作品ですぐに見つかった。ショーンがそこにも現れて、「何か気に入った？」と聞くので、「私はオリエントの作品よりヨーロッパの作品が好きだ」と答えると、ショーンが笑った。

休憩時間にショップに行って友人の増宮さんに送るための大英博物館のガイドを買い、そのあとみんなでミイラを見学して解散した。みんなと別れたあと、いつもの公園で食事をした。

月曜はメーデーで休日だから、明日から三連休。天気を見計らってオックスフォードに出かけようと思っている。チューブでパデントン駅に下調べに行って時刻表をもらってきた。チケットは自動販売機で買うか、もしくは窓口もたくさんあるので心配いらない。トイレの場所、発着ホームも調べたよ。

四時に帰宅すると、まだ家には誰もいなかった。顔を洗い歯を磨き、洗濯を始めると、そこにルルが帰ってきた。

夕食後にオモーが帰宅。シャワーを浴びに行くときにバッタリ会ったのだけど、本当に久しぶりの感じがした。やはり、この家庭には子供がいてくれた方がいい。

## 四月三十日　日曜日

目が覚めると、どんよりとした曇り空。朝食をしっかり食べたあと、バナナを一本持って出かける。

パデントン駅のインフォメーションへ行くと、八時四十三分発のオックスフォード行きがあと三分で発車するというので、急いでチケットを買って、トイレも済ませてプラットホームに行った（下調べ済みだから迷わなかった）。小柄でスマートなおばあさんがいたので、「オックスフォードに行きますか？」と尋ねると、行くと言う。彼女の隣に並んだ。彼女は花を持っていたので「お花は好きですか？」「ええ好きよ」「これはカーネーションですね。サーモンピンクで綺麗」……と話しているうちに発車時刻は過ぎたけど、ドアは開かない。みんながイライラし始めたときになって、やっと開いた。ちょっと迷ったけど「一緒に座っていいですか？」と聞くと、「そうしましょう」と言ってくれて、自分の方が先に降りるからと窓側の席を譲ってくれた。

彼女が降りるまで、長い間会話が続いたが、彼女はロンドンの郊外で一人暮らしをしていて、これから友達のところに行くとのこと。彼女は簡単な言葉を使ってゆっくりと話してくれたので、ほとんど言っていることが理解できた。日本のお盆の話になったとき、夏のある時期に日本人の多くは先祖の霊を弔ってお寺に行くのだと教えると、「それはとてもいい習慣ね」と感想を言っていた。おばあさんが降りるときに、「また会いたいです」と伝えると、向こうもそうだというので、電話番号をメモに書いて渡した。また会えるといいな。

インフォメーションでは三つめの駅と言っていたのに、これは各駅停車で、結局オックスフォードまで二時間もかかってしまった。着いた駅はとんでもない田舎で、皇太子殿下もこんなところに留学していたのかしらと、ふと思った。

中心地まで歩いていくと、途中に川があって、そこにナロウボート（幅が二メートルくらいと狭く、長さは十〜二十メートルあり、家として中で人が生活している）が何十艘も停泊していた。船は綺麗に塗装されているものが多くて、中で料理をしていたり、甲板に洗濯物を干していたり、犬や猫を飼っている船もあった。

一艘の綺麗な船の上でおばさんが新聞を読んでいたので、「これナロウボートですか？」と尋ねると「そうよ」と答えてくれた。「水位が上がったらテムズ川を上ってロンドンまで行くの」「どれくらいかかるんですか？」「ゆっくり行くので一週間から十日くらい」というやり取りをした。

それからセントメアリー教会に行って一・六ポンド払い、高さ六十二メートルの塔を上ることにした。狭い階段を上って一番上まで行くと、とても見晴らしがよかった。

隣には世界最古の図書館が建っていて、ここで持参したバナナを食べた。お昼時になると町のスターバックスに入ってパンとコーヒーで軽く昼食をとる。今日は風が冷たいけど爽やかに晴れ上がっているから、歩くとすぐ暑くなる。だから店のサービスのお水がとても美味しかった（ロンドンにはサービスで水を出してくれる店はほとんどない）。

次にオックスフォードでも特に優秀なカレッジで、これまで何人もの大物政治家を輩出しているクライストチャーチへ行ってみた。学生証を見せると一・五ポンドで見学できて、教会の中ではビデオの説明を聞いた。広場のベンチで絵ハガキを書いてから外に出て、来た道を戻る。

駅に戻ると、次の列車までまだ五十分もあった。周りは何もないし、五十分では町まで行って帰ってこられない。仕方ないのでベンチで時間をつぶすことにした。私は、ケンブリッヂとオックスフォードならケンブリッヂの方が好きだなぁと思う。でも、今日来るときにおばあさんと楽しい会話ができたことはよかった。

帰りは急行に乗り、一時間でパデントン駅に着いた。帰宅時間は六時半頃で三人は夕食を済ませていた。ルルが夕食に、パスタとタンドリーチキンとサラダを用意してくれた。デザートはラムレーズンアイスで、どれも美味しかった。

## 五月一日　月曜日

今日はイギリスのメーデーで祝日。朝六時に目が覚めてベッドを出たのは七時頃。職場の人に手紙を書くが、その人は外国へ手紙を出したことはないようなので、書き方の見本とオックスフォードで買った小さな絵ハガキを入れておいた。

勉強を済ませたあと、いつもの公園に行って単語の暗記をしていた。天気はいいけれど風が冷たい。一人で来ているお年寄りが多い。一時に近かったので、公園内の売店に行ってカプチーノとクッキーで昼食を済ませ、帰宅した。家でもランチの用意がしてあったので、澄ました顔をしてトースト二枚とオレンジ、それにティーをいただいて、お腹がいっぱい。

今日は四時からルルのお兄さんの家にパーティーに行かなければいけない。あまり気が進まない……。

四時にマレックの車で出かけたのだが、お兄さんの一家の名前くらい知っておかなければと思い、ルルに教えてもらった。ルルのお兄さんがファルック、奥さんがリンダ、長男がベン、長女がナデア、次女がレイラといった具合。

家からも徒歩十分くらいのところなので、あっという間に到着した。地下一階、地上三階の大きな家だけど、家の中は物があふれかえっていて整理整頓されていない。この家に限らないけれど、イギリスの家はどこも部屋の中が物でいっぱいになっている。はじめちゃんが来たらビックリするだろう。

奥さんのリンダはディナーの用意をしていなくて、それから二時間くらいルルと一緒に料理をしていた。その間、私はオモーと一緒にフランスのドラマを見ていたのだけど、途中で長男のベンとなつみさん、それに姉妹と親戚の男の子が帰ってきてディナーになった。メニューはチキン料理がメインで、他にお米、サラダ、ほうれん草の煮物、ビーンズ入りのサラダ、これらを一皿に盛って食べる。

レイラのお母さんのリンダもサッパリした性格だし、ルルのお兄さんも気を遣って話しかけてくれた。料理を食べると次はデザートで、リンダの作ったトライフル。これはシェリー酒につけた果物をカステラ、ゼリーに重ねていき、最後に生クリームをかけたお菓子。これはイギリス人のお母さんが子供に作るケーキだそう。みんなでデザートを食べながら、お互いいろいろな話をした（半分くらいはわからず）。私ももっと話せるようになれば、もっと仲良くなれるのに……。マレックはここでも話に加わらず、食べ終わるとそそくさと食器を片づけ始めた。彼はどこに行ってもそうなのだろうか。

明日学校が早いので、先に帰ることをマレックに言うと、もうみんなも帰るからと一緒に家を出た。帰り際、リンダに「ご馳走さま、今夜のディナーは美味しかった」と言ったら、とても喜んでくれた。

明日から学校だ。三連休のあとの学校はしんどいね。

## 五月五日　金曜日

今日は新しい学校、アバロンの面接日。二時頃に行ってみると、太った男性の先生が面接官で、テストと学校の方針などを説明された。テストと面接が終了すると、私は一番やさしいクラスとひとつ上のクラスの中間くらいの実力で、最初から難しいクラスだと途中で嫌になることもあるので、まずやさしいクラスで始めた方がいいと言われた。今のところそのやさしいクラスは満員なので、五月二十二日から新しく設けられるクラスに入ることになった。入会するとお試しコースの料金も取られるけど、とりあえず一カ月間だけ入ることに決めた。料金は二万五千円くらい。

授業時間は、今通ってる学校の授業が終わったらすぐに行けるように、一時半からの時間枠を選んだ。そうすれば三時半には終わるから四時半頃に家に着く。

帰りは二十九番のバスで一本だとルルが言っていたからさっそくダブルデッカー（二階建てのバス）

に乗り、一時間くらいバスに揺られて家の近くのバス停で降りた。バスは通ったことのない町を迂回するので、とても楽しかった。この学校へ行こうと思ったのは、会話の勉強のため。ロンドンへ行ったら一日中英語でお喋りできるだろうと考えていたけれど、実際は家と学校以外で話す機会はとても少ないのだ。これが一番、自分の想像と違っていたこと。

## 五月六日　土曜日

今日は天気がよくなりそうなので、洗濯機を回しながら朝食をとった。昼の戻りが遅くなるかもしれないからトースト二枚とヨーグルト、オレンジ、牛乳をしっかりいただく。そしていつもの公園に出かけようと思ったけれど、途中で靴屋に寄り、この前から目をつけていた雨用の黒いひも靴を試してみた。私のサイズは二十三センチ。こちらの単位は三のサイズでピッタリ。前から黒い靴がほしかったので買うことにして、十六・九九ポンドの価格をまけてと言ったけど、店のおじいさんはこれでも安くしているからダメだと愛想がない。陳列されている中では一番安いし、サイズもピッタリだから、まあいいかと思って買うことにした。

午後はエリザベスのところに行こうと思っていたので電話をすると、久実子さんが電話に出て、早くおいでと言う。お昼時は悪いから、もう少しあとで行くと伝えたら、パンとチーズくらいしかないけど、一緒に食べようと誘ってくれた。一時くらいにおじゃますることになり、エリザベスにこの前のお礼もかねて小さなパウンドケーキを買っていくことにする。

いったん家に戻り、シーツとベッドカバーを取り替えて部屋の掃除をしてから、また出かける用意をした。今日は久しぶりにおしゃれして、スカートとストッキングをはき、シャツにはブローチをつけて出かけた。

エリザベスの家に着くと、ちょうど彼女は用事があって出かけるところで、この家にホームステイしている人たちも出払っていた。久実子さんと二人で庭の芝生にイスを出し、昼食をとりながら話をした。私がアバロンに申し込んだことを話すと、彼女も賛成してくれた。でも二カ月ほど通って基礎力をつけるくらいでいいのでは、とも言っていた。私はとにかくネイティブの人と話す機会がほしいので、そのことも伝えると、教会の手伝いをできるようにエリザベスに話してくれると言った。彼女もイギリスに来たばかりの頃は、そうしていたそうだ。

昼食後は、私の持参したケーキでティータイム。そのとき久実子さんが「私はイギリスに四年間も住み、今は舞台衣装の勉強をしているけど、結局形になっていない。本当は何をしたいんだろうと考えたときに、とても虚しくなる」と涙を浮かべたので、とても驚いた。

彼女は今二十八歳か二十九歳で、七月には日本に帰る。舞台衣装の技術もまだまだという。でも彼女が制作した衣装を写真で見せてもらったけど、素晴らしい。エリザベスに息子の結婚式用に作ってあげた帽子などはとても素敵だった。日本に帰って就職の不安もある。駆け出しのオペラ歌手でイギリス人の恋人もいる。それに四年もイギリスにいたことでその成果を帰国後囲りの人々に示さなければならないプレッシャー……など、二カ月後の帰国を前に、とても悩んでいるらしい。

彼女の相談に私は次のように答えた。四年間ベストを尽くして頑張ったという気持ちがあれば、まずそれが成果です。いろいろある悩みを整理して、今自分にとって一番大事なことは何か考えること。彼の両親が外国人との結婚に反対しているとのことで、その気持ちもわかるけど、息子が幸せになるならおそらくその両親の反対もそのうちに和らぐでしょう。彼が日本に一緒に来てくれるかどうか、これはわからないけど、二人の間の距離が問題なのではなくて、お互いに相手をどう思っているのか、それを確かめることが大切なのです……という様なことをいろいろ話した。彼女も周りに相談する人がいなくて、一人で思い悩んでいたみたいだけど、私に話したことでだいぶすっきりしたように思えた。

## 五月八日　月曜日

昨日はあれほど暑かったのに、今日は一転して涼しい。セーターとズボン、ブレザー、それにこの前買った黒い靴をはいて学校に出かける。

今日の授業は音楽の話だったけど、最近の若者向けの音楽グループなので、私にはよくわからなかった。それと毎週月曜日、先生が「週末は何をしてた？」と質問してくる。それを生徒の間で話し合うのだけど、ユミコを相手に「私はニューヨークにコンコルドで行って来た」と冗談を言うと、彼女もすぐに冗談に気付いてのってきた。二人で、ティファニーで指輪やティアラを買ったとか、リムジンに乗って毛皮を買いに行ったとかの話をして笑い合った。三時間目の授業でも同じ質問があったから、先生にコンコルドでニューヨークに行ってきたと話すと、彼も冗談で「何時に帰ってきたの？」と聞いてくる。私は「夕べです」と返答した。

授業が終わったのでユミコと昼食をとろうするとカヨコも一緒に来ることになった。彼女に「私たちのクラスでロンドン生活に一番なじんで楽しんでいるのはノブさんです」と言われた。それと、ユミコもカヨコも今の中学生レベルの授業には不満を持っているらしい。でも私はわかりやすくていいと思っているのだけれど。まして若い子たちは数年前に日本で勉強してきたばかりだから、私たちよりも不満は大きいはずだ。ベネズエラ人で大卒のメアリーやブラジル人の大学生ミレリは英語を話せるし読めるし、その辺をどう感じているのかな？　あと、クラスに日本人が多すぎるのも問題だと思う。先生に質問されても日本人同士で助け合ってしまうので、仮に答えられても本当の自分の力になっていないのではないのかな。

私は会話をもっと勉強したい。授業で慣用句ばかり何回も繰り返すのではなく、自由に会話を楽しみたい。でも、それは学校に期待することではなくて、学校の外で見つけるしかないのだけど……。そういう場所を早く見つけたい。

三人でお喋りをしていたら、いつのまにか四時を過ぎていた。ルルに教えてもらったスーパーに半袖のTシャツを買いに行くつもりだったけど、また今度にする。

家に帰って洗濯したけれど、三日前から暖かくなってきたので暖房が入らなくなり、家の中では洗濯物が乾きにくくなった。これは本当に困る。それと最近ストレスからなのか、よく食べるようになった。体重計がないので計っていないけど、少し太ったかな？

## 五月十日　水曜日

昨夜の夕食のとき、ルルが今度の土曜のディナーに友だち（ユミコのこと）を呼びなさいと言ってくれた。「彼女はタコが好き？」「日本人だから食べられると思うよ」こんな会話をして、今日、ユミコにそのことを言ったら、とても喜んだ。「うんと食べるんだよ」と言ったとき、「ノブさん、ありがとう！」と大喜びした彼女の笑顔が今でも思い浮かぶ。彼女がステイしている家はおばあさんだから食事の量が少なくて、彼女は夕食後、すぐお腹がすくらしい。そのことをルルに話したらディナーに招待してくれることになった。

学校の授業で、しゃっくりを止めるにはどうすればいいかと先生が質問したので、私は突然「ワァッ！」と言って、日本ではそうして止めると答えると、教室中が大笑い。こんなことでもしないと、

息が詰まってくるからね。それに今日も宿題が出たので、ショーンにちょっと嫌味を言った。「あなたはこれからダンスを楽しみに行くのかもしれないけれど、私は宿題がたくさんあるので楽しめないよ」と。

授業が終わったあとはアバロンにお金を払いに行くことにして、途中の公園で昼食を食べた。卵とトマトのサンドウィッチが一つで一・四九ポンド、飲み物はなし。いつもこんな昼食だと泣けてくるけど、高い物だって食べようと思えば食べられるのだし、結局まだお遊び感覚でいられるから、こういう昼食でも我慢できるのだと思う。

アバロンでカードで支払いをしたとき、正式料金は一カ月につき百四十ポンドのところを百ポンドでいいんだって。一万七、八千円くらいになったので嬉しかった。

帰りはまたダブルデッカーの二階席に座ってのんびり帰った。

今日はとし子さんと、なんとオノン（四年前にエリザベスの家にステイした時、そこにいて友人になったモンゴリアン）から手紙が届いた。とし子さんの手紙には、私の好きな喫茶店で最後に会ったときの写真が二枚入っていた。オノンはモスクワで勉強しているから、「モスクワに来る計画はあるか？」とか、「今までモスクワには来たことがあるか？」と書いてきた。モスクワはあまり行きたいとは思わないけど、サンクトペテルブルグなら行ってもいいなあ。

夕食は、ジャガイモとマトンの煮たものをご飯の上にかけた料理とサラダ。デザートはラムレーズンのアイス。この前も書いたけど、最近よく食べるのよ、私。ストレス食いかな？　可笑しかったのが、ルルが買ってきた壁紙をマレックがすべての部屋に張り替えたので、私が「マレック、あなたはすごくいい夫だね」と言うと、マレックが自分を指して「グッド・ハズバンド」、ルルを指差して「バッド・ワイフ」と言ったので、三人でゲラゲラ笑っちゃった。私が「ルルはグッド・ワイフだよ。そうそうオモーもグッド・ボーイ」と言うと、オモーも嬉しそうな顔をしていた。

## 五月十三日　土曜日

昨夜寝不足だったのに、朝早く目が覚めた。いつも通り朝食をとりながら洗濯機を回していたら玄関のチャイムが鳴った。ルルがネグリジェのまま出ていくと、手渡しの郵便が来たらしい。私の方はトンちゃんから二通、一通は母の日のカードだった。開くと中からカーネーションがわっと飛び出て、あまりにも綺麗だったのでルルに見せて、日本は五月の第二日曜日が母の日だと教えてあげた。モーリシャスは五月の最終日曜日だ……と言っていたような気がする。

今日はユミコが来る日なので天気が心配だったけど、晴れていたので洗濯物を外に干した。はじめちゃんとトンちゃんに電話をしに一度外に出て、帰ってきて一時間ほど勉強して公園へ。公園は私の勉強室だとルルに言ったら、彼女が笑っていた。

公園の今まで歩いたことのない場所に行くと、西洋シャクナゲが咲きほこっていた。勉強のあとで散歩して、とてもいい気分。

一度帰宅して、部屋を掃除したときに、買い物に出かけていた一家が帰ってきて、大量の荷物を車から降ろしていた。「Can I give you a hand?」と以前に暗記したフレーズがスラっと出てきて、私も少しは上達したのかな?

お昼はオイルサーディンのサンドウィッチ。ルルが作ったものはとても美味しい。今度教えてもらって日本で作りたいと言ったら、来週教えてくれるって。

三時にユミコと駅で待ち合わせ。途中、サイプロス出身のおじいさんに会ったので、アレクサンダーヒルに連れていってもらう約束をした。おじいさんと再び五時に会うことにして一度別れたあと、ケーキ屋でエクレアを二個買って、公園でユミコと食べた。ケーキなんてロンドンに来て初めて食べたと言っていた。

ホームステイ先の話で、クラスのみんなも生活に慣れてきたけど、食事や規則に不満を持ってステイ先を変える人が出てきたことが話題になった。彼らに理由を聞いてみると、だいたいがたいしたことではない。夜遅くまで遊び歩いて、帰り道が恐いからステイ先を変えたいなんてバカなことを言う女の子もいる。勉強に差し障りがあるなら別だけど、それ以外は我慢しないとねえ、などと話した。

天気が崩れ始めたので、外に干した洗濯物を中に入れるため、いったん家に帰ったら、ルルがちゃんと中に入れてくれていたので助かった。

ルルとマレックにユミコを紹介して、サイプロスのおじいさんの家に行った。彼女が富士山の絵ハガキをおじいさんにあげると、とても喜んでいた。すぐにおじいさんの車でアレクサンダーヒルに出かけた。昔彼は運転の仕事をしていたというだけあってハンドルさばきがいいのにビックリした。

アレクサンダーヒルに着くと、そこにはかつて女王の宮殿だった建物があって、とても立派だった。今は結婚式や祭礼儀式に使われているらしく、アイススケート場やパブの設備もある。本当はそこからロンドン市内を見渡せるはずなのだが、今日はガスっていて見えなかったのが残念。

おじいさんが飲み物をおごってくれて、私はハーフパイントのビール、おじいさんは普通のビール、ユミコはアルコールがダメなのでジュースを飲んだ。彼女はおじいさんからいろいろ話を聞いてみたいと言って、お互いにわからないなりに会話を楽しんでいた。

土砂降りの中を家まで送ってもらうと、別れ際に彼女はおじいさんと再会を約束していた。

家ではディナーの準備ができるまで私の部屋でいろいろお喋りをして、ルルから声がかかると一階に下りて行った。

オモーにユミコを紹介すると、彼女もオモーやルルと同じようにF1とフットボールが好きなので話が弾み、すぐにお互いになじんだ。

ディナーのメインメニューはタコと野菜のカレー。それにほうれん草の煮たものをドーンとお皿に盛ってもらって、彼女はとても感激していた。野菜サラダもあったけど、ステイ先ではいつもお皿の半分がサラダなので、さすがに今日はあまり食べない。デザートのイチゴとアイスクリームにも大喜びしていた。

ユミコは物怖じしない性格だし、ルルも積極的に会話をする。モーリシャスの話やマレックが家の壁紙を全部張り替えた話、それにルルは料理が上手だということを話していると、いつまでも話題が尽きなかった。

家が遠いので帰ることを告げると、ルルとマレックが「またおいで」と声をかけた。マナハウス駅まで彼女を送っていく。今度は肉料理のときに呼んであげたいな。

# 五月十七日　水曜日

昨日の授業で、ショーンが冗談で「朝食はノブの家でみんなでフレンチトーストを食べる」と言っていたので、授業が始まる前に「ショーン、私、みんなのためにフレンチトーストを作って七時には待っていたのに、ショーンもみんなも来ないじゃない」とからかうと、「ごめん、チューブのトラブルで行けなかったんだ。でも、せっかく作ってくれたフレンチトーストは持ってきてくれたよね?」とショーン。「ううん、一人でみんなの分も食べちゃったから、今はお腹がいっぱいなの」と答えたら、みんなゲラゲラ笑ってた。

ユミコ、ベネズエラのメアリー、ブラジルのミレリ、韓国のキョンソー、この人たちもこういう冗談が好きで、私がちょっと脱線するとどんどんのってきて会話が面白くなる。勉強はやっぱりこうでなくっちゃ。

四時間目はショーンとの個人面接。コンピュータールームでパソコン相手に勉強している間に入れ替わりで面接を受ける。私がショーンに言うことはいつも同じで、もっと会話をする機会がほしいということ。ショーンは私のレベルが上がっていると言うけど、日本にいたときと比べて、それほど実力がついているという実感はない。学校のソシアルプログラムに参加できるほど私は若くないし、参加するととても疲れるだろう。でも、ショーンに会話するチャンスがないと言ったって、彼だって一人の教師に過ぎないし、それに彼なりに一生懸命やってくれているのはよくわかる。結局、なんやかやと励まされて、それで終わり……。

授業のあと、ユミコと学校の近くにある陶器店に行く。彼女は陶器に興味があって、私も前から気になっていたけど一人では入りにくかったのでちょうどよかった。可愛い陶器が並んでいたが、値段を見るとけっこう高い。今日は見るだけにしておく。

二人で公園に行って、付近を散歩しながら話をすると、ユミコは何か習いものをしたいらしく、近くにそういう教室を紹介するアドバイスインフォメーションがあるという。何かの参考になればと一緒に私も行ってみると、お目当てのインフォメーションは英会話教室の二階で、そこにはクローズダウンの張り紙がしてあった。英会話教室の事務員に尋ねると、すでにつぶれてしまったようだ。

仕方がないのでピカデリーまで歩いて、日本食材の専門店（ジャパ専と呼ばれている）で日本語の情報新聞をもらった。歩き疲れたので最後に喫茶店でティータイムをとってから別れた。

家に着くとマレックは仕事でまだ帰っていないので、夕食はルルとオモーと私の三人で食べた。ルルは一日中家事で忙しかったようで、すごく疲れたともらしていた。私が食器を洗おうかと聞くと、「ノブは朝食のときいつも洗ってくれるからいいよ」と言って、絶対に私に洗わせない。ルルはこういうところがとても律儀な人だ。

それとルルが私に英語のことでアドバイスしてくれた。テレビを見て、本を読んで、ラジオを聴いて、日本人とよりもイギリス人と話すようにしなさい。ごもっともだけど、今の私には難しい……。

最近、私は焦っている。すでに二カ月たったけど、このままでは英語が上達しないような気がする。

五月二十二日からアバロンで勉強することになるけど、マンツーマンの（ロンドンではワンツーワンと言う）会話レッスンも受けてみようと思っている。とにかく、このままでは落ち込むだけで、何も変わらない。

## 五月十九日　金曜日

ピカデリーラインでアクシデントがあり、学校に十分くらい遅れて行った。私はいつも二十分前に駅に着くので、今までは少し遅れても間に合ったけど、今日はなかなかチューブが来なくて、やっと来ても二台は混みあっていたので乗れなくて、三台目でやっと乗れた。久美も「イギリス人は電車の乗り方を研修しに東京に来た方がいい」と言っていたけど、本当にその通りだと思う。ロンドンではどの電車も中は空いているのに、みんな入口付近に集中するから中に入れない。どうしてもっと中に詰めないのかね。

今日は二時間目から外で授業を受けることになっていたけど、その場所の名前を覚えていなかったので、一時間目終了までに着かないとまずいなあと焦っていた。なんとか一時間目の授業に間に合い、そのことを説明したら、ショーンはすでに了解していた。そして今日行くブリティッシュライブラリーの説明を聞くと、ここは一九九八年設立の比較的新しい建物で、大英博物館から本、切手、手紙類などが移されているようだ。例えば、マグナカルタ、ハイドンの楽譜、ダヴィンチのノートなどの他に、ジョージ三世が蒐集した六万五千冊の本、世界中の古切手などが収蔵されているとのこと。

天気が悪いのでブリティッシュライブラリーにはチューブを使って行った。ライブラリーでは先生の説明を聞きながら見学して回り、あらかじめ渡されたプリントの問題に答えを書き込んでいった。これだと純粋に見学を楽しめなくて、答えを探す作業に追われてしまう。だから今度また一人で来て、ゆっくり見学しようと思っている。

休憩時間のとき、たまたま気の合うブラジルのミレリと韓国のキョンソーと私が一緒だったので三人で話をした。年齢の話題になり、私が結婚した年には二人とも生まれてないと言うので、「コノー！」と言って殴る振りをすると、二人ともゲラゲラ笑っていた。キョンソーが「今度からノブをお母さんと呼ぶよ」と言うので、私もつられて「いい娘といい息子だ」と冗談を返した。イギリスで外国人三人がふざけ合っているなんて面白い光景だよね。

それから見学も終わって解散することになった。ユミコとカヨコに誘われたので、またブリティッシュライブラリーの中に入ってお喋りをする。この前のテスト結果の話をしたら、ユミコはトップで五十点満点の四十八点、カヨコは四十五点で私が多分クラスで一番悪かったと思う。まあ筆記試験の結果は自分ではあまり気にしないようにしているけど、勉強方法について少し考えないといけない。

この前、友達に手紙を書くという宿題をニックに提出したとき、「very good English,well done!」という評価が書かれて戻ってきた。私は手紙を書くことが好きなので、こういう形式をとりながら英文に慣れるようにして、自分で書いた文章を先生にチェックしてもらおうと思う。

それよりも問題は英会話で、自分でもこれが一番大切だと考えている。ユミコとカヨコも同じ考えで、特にユミコは私と同じく学校の授業だけでは話せるようにならないと感じているらしい。明日私が個人レッスンの面接に行くことを教えると、一緒に行ってみたいと言うので二人で行くことに決めた。

ちょうどこの日記を書いていたとき、エリザベスの家に下宿している久実子さんから電話があった。六月はファッションショーに二回参加して、七月に友人たちと一カ月くらいヨーロッパ旅行、そして八月に帰国予定とのこと。それと、先日私と話をしたことで、すごく気持ちが軽くなったと喜んでいた。私でも役に立つことあるんだね。

## 五月二十日　土曜日

今日はワンツーワンの先生のところへ面接に行くことになっていて、場所はピカデリーサーカスの駅のすぐ近く。ユミコも一緒に行くことになっていたけど、十一時の待ち合わせ時間には来ず、二十分まで待っても来ないので一人で出かけた。

先生の家はわかりやすいところだったのですぐに見つかり、ドキドキしながらフラット（アパート）

のベルを押す。「五分待って」と言われて、しばらくしてドアが開くと若い兄ちゃん風の男性が現れたので、一瞬、これ先生？　と疑ってしまった。約束の時間は電子手帳に入れていたけど忘れてしまったらしい。本当にいい加減だよ、こっちの人は。そういえば、あのケンブリッヂ行きの電車で会ったおばあさんも連絡してこないし、他の一人にも振られたもの……。

彼は日本で働いたこともあると言っていた。今はフォトグラフの仕事をして、店を任されているとのこと。それに両親はドイツ人なので小さい頃はドイツにいて、そのあとはイギリスに長く住んでいるらしい。

納豆が嫌いだとか、イギリスのパンはまずいとか、ドイツワインはおいしいとか、二時間ほど英語で話をした。先生というより友だちみたいな感じだけど、言い方を間違えるとその都度正しく直してくれた。特に〝the〟の使い方にはうるさい（日本人は苦手）。緊張せずに笑ったりしながら話せたので、とりあえず六月二十六日から三十日まで十一時から一時間の予約をした。一時間十二ポンドでも五日間なので、楽しく話せてきちんと教えてくれるならそれでいいと思った。

それが終わるとピカデリーサーカスに行き、安いところを知っているのでそこでパンとコーヒーの昼食をとる。アバロンは一カ月くらい通うと思うので、個人レッスンと重なる日のことを考えた。個人レッスンが終わるのが十二時、もう一つの学校のアバロンは午後一時半からなので移動時間は一時間半もある。昼食後、念のためにもう一度先生のフラットまで行き、そこからアバロンまで歩いたら余裕をもって着けることがわかった。

アバロンの近くの駅からダブルデッカーに乗り、自分の家を通り越してその先のショッピングセンターまで行った。そこでしばらくブラブラしてから家に帰る。

六時頃、ユミコに連絡した。誰も出ないので留守録にメッセージを入れたら彼女から電話があった。時間を間違えて十一時半頃に着いたそうだ。申し訳なさそうにしていて、明日お昼をご馳走するからと言っていた。私はそれほど気にしていなかったけれど、今日のことを彼女に話したいので会うことにした。

夕食のとき、ルルが七月から九月までモーリシャスに行くと言った。「そのとき私はどうすればいいの?」と聞くと、「ここにいればいいのよ」と簡単にルルは答えた。

ユミコのステイ先ではホストマザーがしばらく留守にするとき、その期間はよそに移ることになっている。この前もユダヤの祝日で二週間他の家に移っていた。それなのにルルは私のことを信用して、当然のようにここにいなさいと言ってくれる。しかも、ユミコも呼びなさいと心配してくれるんだものね。時期が違うから、結局ユミコの件はなしになったけど、そう言ってくれたルルたちに心から感謝したい気持ちでいっぱいだ。

## 五月二十二日　火曜日

午後からアバロンで初の授業。学校が終わったあと、途中の公園でバナナとパンを食べていたのだが、その辺から二時に行けばよいものと勘違いし始めて、結局アバロンには一時五十分に着いた。だから私は三十分くらいしかアバロンで授業を受けていないのだ。

本当は二時間分のお金を払ったのに、教室の空きがなく、今週は一時間にしてくれと言われた。来週から二時間に戻り、払い込んだお金は次に契約するときに回すという。次に契約しない場合は、五日間のうち都合のいい日にレッスン受けてくれだって。それと料金に教科書代は含まれず、別に十ポンドかかるのに驚いた……。

生徒数は八人で、日本人は私ともう一人。あとはどこの国の人かわからないけど女性一人と韓国人五人（男一人・女四人）という構成。先生はオーストラリアかニュージーランド出身のようだ。〝today〟が「チョダーイ」に聞こえるもの。先生が「チョダーイ」、生徒が「トゥデイ」と発音しているのが可笑しかった。

今の授業は初歩の初歩で、中学英語の基礎からだ。授業では先生が次々と生徒を指名して答えさせるので、ノートはとれない。でもノートに書き込んで覚えるよりも、この耳で覚える授業の方が私はいいと思うが、今日はスタート初日なので、いいも悪いもよくわからないうちに終了した（三十分しか出てないいんだものね）。とにかく一カ月は行ってみることにする。

それとフラワーアレンジメント学校の一日体験にも電話してみた。先生は日本人の女性で、六月二日（金）に一時半から三時までピカデリーサーカスの会場で行うらしいが、値段を聞いて驚いた。五十六・四ポンドだって、一万円だよ！　材料費も全部込みで、作品を持って帰ってもいいですよと言われたけど、一万円はいくらなんでも高すぎる。でも私は、このフラワーアレンジメント学校についていろいろ聞いてみたいし、もしかしたら今後のロンドン生活に役立つかもしれない。だからアバロンを一日休んで行ってみようかと思っている。

## 五月二十五日　木曜日

今日は、うちのクラスとニックのクラス、それにもう一人の先生のクラスの生徒三十人以上で、新しくできた〝テイト・モダン〟で課外授業を受けた。最近オープンしたテムズ川べりにある美術館で、学校からは遠いのでチューブを使って行った。入り口には、お腹に卵を抱えている大きいクモのオブジェが飾ってあった。

いつものようにプリントを渡されて、それに書き込まなければならないのでのんびりしてはいられない。美術館は広いし生徒数も多いので、みんな個々に見学して十一時半にクモの下に集合することになった。

途中のコーヒータイムにはユミコとカヨコと私で、川べりのパブで休憩をとった。私はこのあとアバロンがあるので今のうちにお昼を食べようとしたけど店はどこも混んでいて、仕方なくユミコの持ってきたパンを少しいただいた。

見学が終わってクモの下に集合。みんなはのんびりしていたが、私は一時三十分までにアバロンへ行かなくてはならないので焦っていた。駅までの道のりがわからないのでどうしようかと考えていると、入口からショーンが一人で出て行くのが見えた。彼を追いかけて、駅まで連れて行ってくれと頼むと、このあとどこへ行くんだと聞くから、まさかアバロンとは言いにくいので友だちに会うと答えた。そして二人で話をしながら駅まで歩いた。

今日もまた一人ブラジル人のオバサンが増えて、それに日本人の女の子も来ていた。彼女もセントジャイルスが終わったのでこっちに来たとのこと。

二時間目はひとつ上のクラスを受けてみたが、そのクラスも十人程度の生徒数だった。どんなに難しいかとビクビクしていたら、なんとさっき受けた授業のデイビット先生が入って来る。さっきまで「ten past five」なんて時計の読み方をやっていたのに、いきなり「Have you ever been～」の世界。でもすぐに慣れて、質問にも答えられた。ただし、答え方が「Yes」「No」だけでは足りずフルセンテンスで答えなければならないのでその答え方に慣れていない私は少しとまどったけれど、先生の説明や質問はほとんどわかった。

授業が終わってから先生に「私このクラスで授業を受けたいのだけど、どう思う?」と尋ねたら、「OK,no problem!」と言ってくれた。それで手続きをするために受付へ行ったら日本人の事務員はすでに帰っていて、少し日本語がわかる韓国人の事務員しかいなかった。用件を理解してもらえるほどの英語力は私にはないし、お金のことも絡むので、明日あらためて話すことにした。

そのあと、お腹が空いたのでチーズ、レタス、トマトが挟んである黒パン二個を買い、それをダブルデッカーの二階で食べようと思ったが、三十分待っても来ないので途中の公園で食べてチューブで帰った。

日本人のクラスメートとも話すのだけれど公園とダブルデッカーの二階なら物が食べられるけど、まだバスの一階とチューブの中では食べられない。

## 五月三十日　火曜日

誰かが郵便物を送ってくれたようだが、金曜日の配達の際、家には誰もいなかったので持ち帰ったとのこと。昨日はバンクホリディで休み、今日も家の人は不在だったので、ルルが電話してくれて、彼女が家にいる木曜日に配達してくれることになった。

それとは別に、河原さんから手紙が来ていた。私と知り合えてよかったと書かれているけど、私も彼女には励まされることが多い。おしゃれのことについても書かれていたが、今の私は上から下まで地味な服装で化粧っけもなく、髪は伸ばしっぱなし。みんな私がスーツとヒールとバッグで颯爽とロンドンを歩いていると思っているらしいが、私はいつも悩みながら下を向き、重いバッグを背負ってトボトボ歩いているよ……。

　今日の授業では、世界のどこかの国へ行ったことをペアで話すという課題が出て、私がアラスカでアザラシやラッコを見た話をした。英語でラッコを何と言うのか知らなかったので、辞書をひいてsea otterとわかったが、中にはラッコはカキにレモンをかけて食べると思った人もいたようで、教室中が笑いのウズだった。それと今日からブラジリアンのミレリが上のクラスに行って私のクラスは十人になる。彼女は性格がよくてみんなにも好かれていたので残念だ。

　アバロンは二時半からなので、ユミコとカヨコと三人で公園の中にある店で昼食をとった。ユミコは日曜日から三週間だけ新しい家に移ることになり、そこは一戸建ての大きい家だそうだ。彼女の室は三階で窓も大きくて陽差しが入り、しかもベンチまで置いてあるという。ただし、家は素晴らしいけれど、通学には不便で、しかもその家の夫婦も娘も冷たいんだって。夫がデザイナーなので、彼女がカリグラフィーをやりたいと言ったら「本を買って自分で勉強しろ」だって……。

　私はそこで二人と別れてアバロンへ行った。突然上のクラスに入ったのだから仕方ないけど、まだ答え方のコツがつかめていない。でも、質問に答えられなくても先生は怒らないし、答えられるときもアドバイスしてくれるから、まあなんとかなっている。

# 六月二日　金曜日

今日はフラワーアレンジメントの講習があるので朝から楽しみだった。

授業が終わるとユミコとチューブでピカデリーサーカスに行って、フラワーアレンジメントの学校を探した。会場に着くとすでに講習は始まっていたが、生徒は六人ですべて日本人の商社マンの奥様という感じの人たちだけだった。しかも、私の送った申込書が届いていなかったようで、二人の花は用意されていない。日本人の先生も気の毒に思ってくれて、授業を見学させてもらうことになった。

ここは世界的にも有名な学校で、生徒は金持ちの奥様方が多いそうだ。そしてこの学校で教える基本スタイルは、自然にシンプルに花を生かすこと。だから花も特別なものばかりではなく、庭の草花なども取り入れて花が持つ自然の美しさを引き出そうとしている。しかも大きく大胆に生けるので、豪華さも引き立つ作風だ。今日はバラ七本とスプレーカーネーションを中心にして、他に緑の葉物を使っていた。もともとは申込書が届かなかったというミスに始まっているけど、有名校の先生の授業をタダで受けられたので、運がよかったと思う。

先生はイギリス人のオバサンで、その先生の説明を日本人の先生が通訳する。でも来ていた人のほとんどは英語が話せるようだった。そのイギリス人の先生が私のところへ来て挨拶したとき、私も英語で「日本で一年間フラワーアレンジメントを勉強しました」「日本風？　イギリス風？」「日本風です」「生け花？」「違います、日本風のフラワーアレンジメントです」……という会話をした。目の前に外人（？）がいると、つい口から英語が出てしまうのが現地にいる最大のメリットだと感じた。

帰り際、先生がご自分の作品をくれるというので、ユミコにあげることにした。彼女はバラがすごく好きだし、せっかく行ったのに何もできずにいたんだものね。オアシスが水を吸って重いし、花も大きくて荷物になるけど、「有名校の先生の作品をもらったんだから軽いもんでしょ？」と言うと、彼女は笑っていた。

帰り道に二人で話したんだけど、あそこに来る生徒は夫の仕事で一緒にロンドンに来ている若奥様という感じだ。だから彼女たちはロンドンの一日を有名校のフラワーアレンジメントに参加して、私たちみたいに一万円の代金で悩んだりしない。「夫の転勤で一緒に来るのが一番いいよね、お金の心配もいらないし。それに英語が喋れなくても生活できるからね」などと話したが、しかし自分にとってそれが一番いいかと考えると、二人とも結論は「ノー！」で一致して大笑いした。

お昼を持って行ったが食べる暇がなかったので、以前ショーンに教えてもらったピカデリサーカスにある大きい本屋の五階のバーに行った。本屋の中にあるバーなので店内は明るく、しかも見晴らしがいい。そこで私は久しぶりにビールを頼んだ。

お喋りに夢中になり、気がつくと六時半になっていたので、今日は二人で二カ月無事過ごしたお祝いをしようということになり、夕食をどこかで食べることにした。

ソーホーに中華街があるというので行ってみると、金曜の夜なので人だかりがすごい。何軒か値段を見たあと、一軒の店へ入る。こじんまりとしているが、店内は綺麗で値段もほどほどだった。私は上海ラーメンで彼女は海鮮風ラーメン。麺が日本のうどんみたいだったけど、スープは美味しかった。食べ終わってからもゆっくりしていると、「すみません、終わったでしょうか?」と店員が遠慮がちに聞いてくる。席を立つと、入口に何人も待っている人がいたので悪いことをしてしまった。

外に出ると八時過ぎなのに明るくて道行く人の数も多い。駅に着いてもまだ明るかったので、歩いて家に帰った。

## 六月三日　土曜日

私、勘違いしていた。先生の英文日記の宿題は一週間だけかと思って力を入れて書いたら、これからもずっとなんだって。毎日、日本語と英語の日記を両方書くなんて……。

一階で赤ん坊の声がすると思ったら、先日も会ったルルかマレックの従兄弟の一家が来ていた。奥さんも黒人で二人の子供が人形みたいでとにかく可愛い。一家が引っ越しをするので、しばらくルルたちが子供を預かることになったらしい。

下の一才の子は具合が悪いようで、ルルがその子の面倒を見てあげていた。だから本日の買物はマレックとオモーが行くことになった。赤ん坊がぐずってあまり寝つかないのでルルも他に手が回らない。それに二人は買い物に行っているので、私が上の子と遊んであげた。

今夜のディナーはモーリシャスカレーで、ビーフとジャガイモと卵が入っている。カレーといってもドローっとしたルーをかけるのではなくて、ルーの中に最初からお米も入っている。さっき聞いたら、ジャガイモは皮をむいて塩水に一晩つけてから油で揚げているそうだ。これがホックリしてとても美味しかった。ビーフもやわらかく煮込んであり、卵も茹でたものを油で揚げているから香ばしい。これにお米といろいろな調味料を入れて味つけするそうだ。どの材料も本当に手をかけていて、食べるとそのことがよくわかる。他にもトマトとキュウリの酢の物、人参とキュウリのサラダ、それにデザートにイチゴが出た。

そうそう、夕食のときも赤ん坊がぐずるので、それが気になってみんな落ち着いて食べることができなかった。それでもルルは食事中も面倒がらずに世話をしてあげて「私は赤ん坊が大好きなの。私もほしいな」と言ったら、マレックが「ノーチャンス!」だって。私可笑しくって「どうして?」と聞いちゃった。でも、マレックはそれ以上何も言わないのでみんなで大笑いした。私も小さい子は好きだけど、ずっと面倒を見ているとやっぱり疲れるし、飽きてしまう。その点、ルルは偉いよね。

## 六月六日　火曜日

今日の授業は四人も欠席していたけど、また一人中国人でケリーという女性が入ってきた。これで全員が揃えばまた十二人だよ。一時期クラスの人数が十人になって、しかも常に誰か欠席しているので、これはこれでよいと思っていたのだけど……。

今日は授業でアガサ・クリスティーのことを勉強した。ファンの子が一人いて、彼女がアガサ・クリスティーについていろいろと説明した。先生がみんなに、他に何か知っていることはないかと聞くので、私がアガサ・クリスティーはイスタンブールが好きでしばらく滞在していたことを話した。先生もそこまでは詳しくなかったようでイスタンブール出身のアズに聞いたら、やはり彼女も知らなかったと言っていた。

私もアガサ・クリスティーの本は読んでいたので、「イスタンブールには小説の舞台になったホテルもあるよ」と教えた。オリエント急行殺人事件の出発駅はイスタンブールのシルケジ駅だものね。

今日は雨が降ったり晴れたりしていた。授業が終わったときには晴れていたので、公園で食べることにした。オバサンが一人でイスに座っていたので、「ここいいですか?」と聞いて隣に座った。さあ、英会話の時間だぞと思って「この近くに住んでいるのですか?」と質問すると、彼女はニュージーランド人で息子と一緒にロンドンに来ているのだと教えてくれた。「イギリスの食べ物は美味しいと思いますか?」と質問を続けると、はっきり「マズイ」と言った。この前ケンブリッジに行ってイングリッシュブレックファストを食べたら、すごくまずかったそうだ。

私は不安定なイギリスの天気が嫌いで、オバサンも「ニュージーランドに比べてロンドンは気温が低いから、いつもコートを着ている」と言っていた。今度はオバサンから「イギリス人をどう思う?」と尋ねるので、難しいなぁ、ウーンと顔をしかめていると、オバサンは「私は嫌い。顔に微笑みがないから」だって。そこで私がニュージーランド人はとてもフレンドリーな国民だと誉めると、とても喜んでいた。それに彼女は花が好きらしく、ニュージーランドには日本の花がたくさん輸入されているそうだ。

彼女はこれからミュージアムへ行くというので、私もアバロンへ向かったが、今日も担当の先生が変わっていた。やっと昨日の先生に慣れたばかりなのに、そんなにちょくちょく変えられたのでは生徒の方だって勉強しづらい。クラスメイトも休んでいるのがいたり、体験入学の生徒がいたりと落ち着かないので、これからどうするか真剣に考えようと思っている。

## 六月十日　土曜日

今朝は五時頃から何度も目が覚めて、七時に起床した。とてもいい天気なので、昨日から決めていたハンプトンコートに行くことにした。ここはジョージ八世が新婚時代を送ったとかいう場所で、チューブの広告を見たときに意外と近いことがわかった。それに土・日に家で勉強する気にもなれなかった。

朝食を食べながら洗濯を済ませたが、今日は晴れ間が続きそうなので外に干すことにした。朝は涼しかったので下に半袖のTシャツ、上は厚手のブレザーに雨用のズボンと靴で出かける。幸い一日中晴れて、午後はTシャツだけでも大丈夫だった。

ウォータールー駅より三十～四十分というので、今回は駅の下見もしていない。列車が発車するまで十分ほど時間があったので、駅でパンを二個買っておく。運賃は往復で四・四ポンドだった。

着いたのは田舎の小さな駅でトイレもないようなところだったが、電車が一時間に二本は通っているようなので、あまり発車時間を気にする必要はない。日本人観光客も来るらしく、駅の看板には日本語で「ハンプトンコートパレスは橋を渡って右」と書かれていた。どこもそうだけど、町や王宮は必ず川の周辺にあって、ハンプトンコートの側にもテムズ川が流れていた。

ハンプトンコートパレスの入場料は十・五ポンドと高い。すかさず学割はきくかと学生証を見せると、八ポンドになった。

城内はとてもゴージャスで、しかも庭園が素晴らしい。十七世紀の衣装を着た男女が、一定時間になると観光客を相手に説明していた。

お昼は中にあるカフェへ行く。昔の食堂を改造したという感じ。ティーを頼んで、持参のパンを食べた。原則として庭では飲食禁止になっていたけど、ベンチで食べている人がいるので、私もそこでオレンジを食べた。

庭園を歩いているとき、一人の女の子と一緒になった。お互いに意識してチラチラ見合っていると、向こうから「ハーイ!」と声をかけてきた。「どこから来たの?」「学生?」「どこの学校?」と話しているときも、その子は日本語を使わないので、そうか日本語を話したくないんだなと思って英語で会話を続けた。途中で私が日本語を使ったときに変な顔をして、「I am a Korean.」と言うので、そこで初めて自分の勘違いに気がついて笑っちゃった。

それから私は入場料のいる庭園を見たいので、途中でその子と別れた。庭園で思いがけずカエサル様に会った。カエサルの立像とマンテーニャという画家が描いた有名な「シーザーの勝利」という九枚の組絵がかざってあった。今、英語の日記をつけているので、せっかくだからその説明も書き取ってきた。

途中でチケットの半券が切られていないことに気づいたので、私が見終わったらこのチケットをあの子にあげようと思いついた。といっても、こんな広いところでまた会えるはずはないけど、もしまた会ったらあげよう、そう思って庭園を歩いていたらなんとバラ園の入口でその娘とバッタリ出会う。こういうことってあるんだね。その子も私に気づいたので笑いながら寄ってきた。「私はもう見終わったからこの券をあなたにあげる。ゆっくり見てきなさい」と言って渡したら、最初信じられない顔をしていたが、すごく喜んで券を持って入口の方へ走って行った。

それからトンちゃんへの絵ハガキと増宮さんに送るためのガイドブックを買って、バラ園のベンチに座って絵ハガキを書いた。

そこでいろいろ考えていて悟っちゃった。そんなに焦らなくてもいいんじゃない。英語だけ上達したいのなら、このお金で日本で勉強した方が今よりうまくなるかもしれない。でもそうじゃない。私は英語もうまくなりたいし、ロンドンの生活も楽しみたかったんだ。それが今できているじゃない。まあまあの家に住んで学校にも通い、こうして休日にはウィンザーだオックスフォードだと出かけている。自分が来たくて来たのだから、焦ってばかりいずに自分のできる範囲で頑張ってみよう。一年たったら自分にとってプラスになった何かが残るはずだ……そんなことをしばらく考えていた。

家に帰ると、もう届かないものと思ってあきらめていた小包が届いていた。杉ちゃんからで、ウォークマンが入っていた。とても嬉しかった、ありがとう。

## 六月十二日　月曜日

はじめちゃんに電話で言ったように、今日は朝は涼しく、昼からはTシャツ一枚でも過ごせるくらいの天気になった。

学校に行くと先日のテストが返ってきたので、また落ち込んでしまった。

土曜日、ハンプトンコートのバラ園で悟ったばかりなのに、また落ち込んでいる。一生懸命勉強して覚えようとしているのは確かなのだけど、テストの点数は悪い。たぶんみんなと十～十五点は違っていると思う。

テープは聞きとれないし、先生の言うことが理解できないときもある。読むのも遅いし、今の音楽にも詳しくない。私には私の生活スタイルがあるからそんなことはかまわないけど、若い人たちの文化がしょっちゅう授業に出て、それをお互いに話し合うことになると、私はついていけなくなる。こういうときはなんだかすごく嫌な気分だ。最近は足の届かない海で立ち泳ぎしている状態。アップアップしていて、いつ沈んでもおかしくない。本当に苦しい。こんな状態でこのまま一年勉強を続けられるのかな？　どこか小さい学校でいいから、せめて四～五人のクラスで、それも同年代の人のクラスでゆっくりとじっくりと理解し、会話も楽しめる、そういう学校で勉強したい。

明日は学校主催のテストが二時からあるけど、これでまた落ち込まなくちゃならない……。

アバロンの方は今週いっぱい行く予定だったけど、明日も金曜日も行けないので今日で終わりにすることにした。

# 六月十五日　木曜日

今週はもう気力だけで学校へ行っている。朝はそばの公園に寄って心の中でガンバローの歌を歌い、自分を元気づけ、三十分の休み時間はタメ息をつきに行っている。授業のあと、カヨコが一週間だけ住んでいた学校のドミトリーから新しいホームステイ先に移ることになったので、ユミコとマコと私とで手伝うことになった。二、三日前からエレベーターが壊れているので、四十キロもあるスーツケースとその他の小物いくつかを彼女の部屋がある六階（日本でいう七階）から運ばなくてはいけない。カヨコが学校にヘルプを頼んだら、力持ちのオッチャンが来てくれて、彼が四十キロのスーツケースを運び、私たちは小物をひとつずつだけでよかった。それからミニキャブを呼び、荷物ごと乗せて彼女は新しいステイ先に向かった。カヨコは私が授業がわからないとグチると「ノブさん、わからない時はいつでも聞いてください」とやさしい言葉をかけてくれた。

手伝いのあと、私はエリザベスに連絡することにした。どうか家にいますようにと祈るような気持ちでダイヤルナンバーを押すと、彼女が電話に出てきた。これから行っていいかと尋ねると、ＯＫだという。すぐに飛んでいき、アーチウェイの店でふんぱつしてケーキを三個買って持っていった。

明日で一タームが終了。二週間の休みに入る。前半ははじめちゃんが来てくれるからいいけど、後半は、午前中に一時間だけワンツーワンのレッスンを予約しているけど、午後は何もない。だから、仕事の手伝いをしながら英会話ができる教会か何かの施設はないか聞いてみた。今のところそういう施設はないらしいが、エリザベスの友だちがもしかしたらワンツーワンで教えてくれるかもしれないという。五日間教えてもらえるなら多少高くてもいいので、お願いすることにした。。

それとはじめちゃんの話になったとき、エリザベスがぜひ会いたいと言っていた。スケジュール表を見てから、土曜のミュージカルに一緒に行かないかと誘われたので、はじめちゃんと相談して土曜日の午前中に連絡することにした。

それと、ジョンばあちゃんが二十九日には来るらしく、「会話の練習になるからノブもどう?」と誘われたけど、「ジョンばあちゃんは早口だし、何を言っているかわからないので……」とエリザベスにやんわり断ると、エリザベスも笑いながら「実は私もわからないの」と言っていた。

今週は帰ってきてから全然勉強していない。最近なんだかやる気がなくなっている。明日は先日やったテストが返ってくるけど、私はいらない。自分の惨めな点数なんて知りたくないよ。明日からははじめちゃんと一緒なので、落ち込まないで済むかな? 早く会って愚痴を聞いてもらいたい……。おぼれそうな私を助けてもらいたい。

明日もまた個人面談がある。今の自分の気持ちを口で説明するのは難しいので、先生に手紙を書いて読んでもらおうと思う。シャワーを浴びたあとでその大論文を書かなくちゃ。

# 六月二十五日　日曜日

久しぶりの日記。今は夕方の四時、なんだか眠くて眠くて……。

お金をはじめちゃんが百三十五ポンド残していってくれた。明日から一時間のワンツーワンレッスンが一回十二ポンド×五で六十ポンド、それを差し引いてもまだお金が残る。この一週間、ずいぶん贅沢させてもらったので、明日からまたケチケチ生活に戻ります。

トンちゃんと友だちから手紙が届いていた。トンちゃんは私の今の気持ちを見透かしているようで、「はじめちゃんと一緒に戻って来るんじゃないかしら?」と書いてあったので笑っちゃった。「私（トン）は〝頑張る〟という言葉は嫌いなので、今まで手紙にも書かなかったけど、これからも途中で帰りたくなったら帰ればいいよ……」と気遣ってくれている。トンちゃんは、私が気負わなくてもいいようにそう書いてくれたんだね。

はじめちゃん、ロンドンに来てくれて本当にありがとう！　お陰でまた二タームなんとかやっていけそう。来てくれなかったら、たぶん帰りたくなっていたかもしれない。この一週間は本当に楽しかった。愚痴を聞いてもらったうえに適切なアドバイスまでしてもらい、どれだけ励まされたことか。また会える日を楽しみに頑張るね。

## 六月二十六日　月曜日

今日はワンツーワンの授業へ行く日。ユミコに電話をして今日のことを伝えると、彼女もその先生に会ってみたいと言うので、とりあえず一緒に行くことにした。でも、先生に何度か電話をしてもつながらないので、今日行っても先生が自宅にいるのか疑問だった。

先生の家に着いてチャイムを鳴らしても誰も出てこない。やっぱりダメかと思って、もう一度だけ電話をしてみるとやっとつながり、先生がすぐやって来た。

話を聞くと、昨日先生のアパートが火事になって大切なものが燃えてしまったらしい。原因は不明だけど、フラットメイトが言うには、おそらく彼のコンピューターが出火元だろうとのこと。漏電でだろうか？　とにかくパスポートも何もかも燃えてしまったので、これから大使館へ行くとのこと。今日は授業どころじゃなくなり、明日また来ることにした。先生の大切なネガもだいぶ燃えたらしい。

それからユミコと二人でピカデリーサーカスの喫茶店へ行った。今日からまた貧しい留学生に戻ったので、コーヒーとパンで済ませることにした。私から彼女へはじめちゃんのおみやげのチョコレートを渡したとき、ビックリするほどの大声を出したので、どうしたのと聞くと、嬉しさのあまりに叫んでしまったようだ。「だってノブさん、こんなにたくさんのゴディバだよ！」と、ひどく感謝されてしまった。

彼女は前から行きたがっていたコッツウェルズに二泊三日で行って来たようだ。大変な旅だったらしいけど楽しんで来たとのこと、お土産にティータオルとユリの花の付いたカードをもらった。

## 六月三十日　金曜日

今日で六月も終わり。今朝は六時に目が覚めたので、そっと下へ降りて台所にオモーのバースデイカードを置いてきた。みんな出かけてしまい、七時半になってから一階に降りると、カードはなくなっていたので安心した。

今朝ユミコに電話をして、私のレッスンが終わる十二時にピカデリーサーカスで会うことにした。レッスンに行く前に、先日はじめちゃんと一緒に行った本屋でケンブリッヂで出している問題集を買う。ユミコも日本で使っていたそうだ。

昨日も先生のマーティンに、「ノブさんは小さいミスをする」と言われた。学校でもたくさんのフレーズを習っているはずなのに、会話に生かしきれていないし、ここ数日間教科書で復習した言葉も英文日記に全然使われていないのに気づいてガックリした。

レッスン後、ユミコとピカデリーサーカスの大きな本屋へ行く。彼女は明日ロンドン郊外にあるウィリアム・モリスという人の美術館に行く予定で、その人の本を買っていた。この本屋は建物の中にレストランもバーもあるのでレストランをのぞいてみると、料金が少し高いし混んでいるので他の店へ行くことにした。

その店で彼女はカレー、私はアップルパイを食べる。二人で話していると少しは不安も紛れたりホッとしたりもする。私が、宿題の日記に学校で覚えた言葉を使ってないし、文章も短いという悩みを彼女に話したら、ユミコがヒヤリングを習っている先生は文は短くていいと言っていたそうだ。それに、難しいことを書く必要はなくて、過去形と現在形さえきちんと区別していればいいとも言ったそうだ。彼女いわく、エレメンタリーの私たちはそのくらいできれば充分だとのこと。それを聞いて少し安心する。

ユミコと別れたあとは家で勉強するつもりだったけど、彼女がウィンブルドンに行くというので一緒に付いていくことにした。私はテニスには興味がないけど、ロンドンにいる間に一度は行ってみようと思っていた。ウィンブルドンの駅を降りると、花で作られたテニスボールがぶら下がっていて、ホームにはグリーンの敷物をしきコートの雰囲気を出している。それにものすごい人が会場に並んでいて、周りにはダフ屋や警察官もたくさんいた。私たちはチケットがないけど、せめてコートだけでも見たいと思っていた。

いくつものコートで試合が行われていたが、一番立派なのはセンターコートと呼ばれるコートだった。たぶん決勝はここでやるのだろう。近くにミュージアムがあったので、ここからセンターコートが見られるだろうと思って、学割で四ポンド払って入場することにした。警備にあたっていた警察官にそのことを尋ねると、ミュージアムからは見えないというので、やっぱり入場はやめた。言われてみれば当たり前のことで、こんな安い料金で見られたら、みんな見にきているはずだもんね。

夕食のときにオモーがカードのお礼を言っていた。オモーも今日で十五歳になって、九月からは高校生になるそうだ。日本の入学式は四月だと教えると、「へぇー、四月なの……」と驚いていた。

今は十一時。宿題も復習も終わり、英文の日記もその日の分を書けばよくなった（今週の初めまでは三日分ずつ書いていた）。今夜は気が軽い……。

## 七月三日　月曜日

今朝ルルに「私、学校へ行く道忘れちゃった」と言ったら「二週間も休んだからね」と笑っていた。一週間振りに公園で気合いを入れてから学校に行くと、入口はすごい人だかり。今日からの入学生がわんさと来ていた。先生のショーンが、七、八月はヨーロッパから留学生がたくさん来る時期だから、学校の行事に参加して友だちを作るといいよと言っていた。

地下の図書室にユミコがいるかもしれないと思って行ってみると、やっぱり彼女はそこにいた。教室が変わっていることを彼女に伝えて、二人でショーンに聞きに行くと、やはり違う教室だった。今までの教室は窓の外に鉄の階段がふさがって、しかも一階だからうす暗い感じがした。今回からは二階になったので窓の外には隣のホテルの裏庭やカジノが見えるし、しかも外は明るい。ただ唯一の難点は、隣の部屋へ行く人たちが始終私たちの教室を横切るので落ち着かないことくらいだ。

先生は一時間目から三時間目はショーンで、四時間目はニックの代わりにヴィッキーという先生が担当することになった。ヴィッキーは若いけれど親切な先生で、さっそく今日の四時間目から受け持った。初日というせいもあって授業はやさしくて、けっこう面白かった。

みんなに会えて嬉しかったこと、それに授業が簡単だったこともあるので、滑り出しの日としては上々だった。この調子なら十週間頑張れるかなと思った。

授業が終わると、カヨコと一緒に公園で食事をした。彼女は学校の都合で何回もホームステイ先を変わっている。今のホームステイ先でもホストマザーはアルコール中毒で、たいした理由もないのに突然怒り出したり、そうかと思うと冷静になったときはメロンをくれたりするらしい。朝も夜も食事は作らなくて、毎回ではないけどときどきお金をくれるらしい。まったくカヨコはついていない。

私は、無理に我慢しないでステイ先を変えた方がいいよと言った。私にできることは少ないかもしれないけど、できることは協力するから遠慮なく言ってとも伝えておいた。

時計を見ると五時を過ぎていたので、カヨコと別れて家に帰る。家に着くとトンちゃんから手紙が届いていた。トンちゃんの手紙はいつも面白いので、笑いながら読む。そして読んだ後はなんだか元気が出る。

# 七月六日　木曜日

今日もクラスメイトは全員揃わなかった。最近は予習をしてから授業を受けるようにしているので、内容もしっかり理解できて、一ターム目の初めの頃と同じように楽しくやっている。

授業が終わるとすぐに飛び出して、久実子さんが推薦した学校へ行ってきた。七、八月になると学校が休みになるので、今のうちに九月以降の学校を決めておいた方がいいと言われたので、昨日久実子さんと本屋で調べて、その学校に説明会の予約をしておいたのだ。

学校のある駅に着くとにぎやかなのは駅前だけで、その周辺は田舎だった。駅から学校までH2というバスに乗るのだけど、いつまで待ってもバスが来ない。あと一時間しかないので焦って、通りがかりのオバサンに聞くと、とても親切な人で、足が悪いのに私を運転手のいるところまで連れて行ってくれた。それでもわからずに元の場所に戻ったが、いくら待ってもバスは来ない。もうタクシーで行こうかと思ったときに、さっきオバサンと通ったところにH1・H2・H3のバス停があったことを思い出して引き返してみた。そこにいた人に本を見せると、「ここでいいのよ、バスはすぐに来るから」と教えてくれた。

オバサンが「あなた日本人？」と聞いてきたので、私からもいろいろ質問すると、御主人は仕事で日本へ行っているんだって。それに、その学校も知っていて、「あそこはいい学校よ」と言っていた。すぐにバスが来て、運転手に本を見せて停留所へ着いたら教えてほしいと言っておいた。バスの中でもオバサンの近くに座っていたが、停留所に着くと運転手が声をかけたらしく、私が気づかずにいるとオバサンが教えてくれた。運転手とオバサンにお礼を言ってバスを降りた。

受付はすごく感じのいい女性で、私が「友人の紹介でここへ来ました。九月からこちらで英語の勉強をしたいのですが……」と話すと、まずテストを受けるように言うので、少しビビってしまった。でもその女性いわく、問題はわかるところだけでいいからと言うので、他の人たちと一緒にテストを受けることにした。

テスト終了後に受付の女性のところへ行って話し合った。私が、テストはダメだったのでビギナークラスに入れてくれと頼むと、インターミディエットでいいよと言われた。でも、今通っている学校は若い人ばかりでやりづらく、できれば同世代の人が多いクラスをお願いしたら、まずは明日、同じレベルのクラスで体験入学をしてみることを勧めてくれた。

明日は午前中の授業があるので今の学校を休まなくてはならない。どうしようか迷ったけれど、この国では物事を進められるときに進めておかないと、あとでいくら進めようとしても進まない。せっかくここまで進めてきたのだから明日は学校を休んで来てみようと思った。ちなみに、もし入学することになると授業は九時十五分から十二時十五分の三時間授業になるそうだ。

今まで何も食べていなかったので　帰りに駅前の喫茶店でパンケーキを頼み（高いけど、今日頑張った自分へのごほうび）、食べながらこれからのことを考えた。ここは通学に不便なので自分にとってベストの環境とは思えない……。ま、通うとすれば九月からなので、明日体験入学に行ってから考えることにする。

## 七月七日　金曜日

日本は七夕だ。今日も昨日と同じくとても疲れたが、はじめちゃんと電話できたので、少しは気分が和らいだ。

今朝は六時起き。昨日の学校は遠いので七時半までに家を出ないと間に合わないかもしれないのと、家の人がユニットバスを六時三十分から七時二十分まで使用して使えないから、六時半までに自分のことをやっておかねばならない。それに夕べのルルたちの食器類もそのままなので、これも洗っておいた。

七時三十分にチューブに乗って、駅に着いたのが八時五分だった。バス停で運行表を見ると、十五分に一本の割合で出ているようで、学校のある停留所までは五分くらいで到着した（帰りは遠回りをするので二十分もかかる）。

その停留所で私に声をかける人がいた。昨日私がテストを受ける前に教室に入りづらそうにしていると、「どうぞ中へ入りなさい」と声をかけてくれた人で、今朝私が「先生ですか？」と聞いたら、そうだと言うので、その先生と話しながら一緒に学校まで行った。

九時十五分までに来てくださいと言われていたけど、九時少し前には着く。九時十分になっても昨日の受付の女性が来ないので別の人に聞くと、隣の建物に行くように言われた。九時半になるとぽつぽつと生徒が集まってきたが、日本人が多いのでビックリした。

女の先生に昨日書いた受講票を渡して一緒に教室に入ると、私の顔を見てニッコリ笑う可愛いブラジリアンの子がいたので、その子の隣に座った。休み時間になると、二人の日本人の女の子が学校についていろいろと教えてくれた。

授業後、ブラジリアンの子にお礼を言っているときに先生が私を呼んだ。授業の感想を聞かれたので、思った感想を素直に述べてから事務所に一緒に行った。

「今の学校が終わるのが九月で、それからここで勉強することになるかもしれないけど、今日は決められない」と言って、もう少し考える時間をもらうことにした。

学校を出てピカデリーに戻ったのが二時十分。大急ぎでドーナツとカプチーノを詰め込んで、今度はマーティンのレッスンを受けに行ったが、彼がいない！　そこでどっと疲れが出たので、仕方なく近くの店の前で待っていたらそこにマーティンが現れた。実は彼の家のインターフォンが壊れていたので、家の外で私を待っていたそうだ。

それから英会話のレッスンを受けて、終わったあと少し雑談する。「ＣＵＴＩＥ」という日本の若い女の子向けの雑誌に、マーティンが撮影した酒井美紀という女の子の写真が掲載されていて、彼の名前も載っていた。バックの建物はマーティンの家の近くで、ベランダからそれを見せてもらうと、本物は汚いビルだった。でも写真にすると、いかにも古いロンドンという雰囲気が出て、いい写真になっていた。

今日は宿題が出たけど、土・日にやればいいでしょう。今日はこの日記を書く以外に何もやりたくない……。

## 七月八日　土曜日

今朝起きて洗濯しようとしたら、なんと洗剤がない、仕方なく洗剤無しで洗濯した。天気も悪くなんとなく落ち込んで公園に行く気にもならない。こういう日はみんな家でしっかり勉強しているのだろうと思い、自分だけが取り残されていくみたいですごく不安になる。この不安をなくすには勉強するしかないと思い、八時半からずっと窓辺で勉強した。

今は一タームの復習なので、習ったことを全部覚えようと努力しているが覚えられず焦っている。

夕方六時近くに久実子さんより電話、コンサートのお誘いだった。これは私が今日一日中勉強していたので、神様が下さったご褒美だと思って喜んで出かけた。

会場はナショナルギャラリーのそばのセントマーティン教会で、今夜はビバルディーの「四季」。教会で行われるコンサートに行くのは初めてだ。一番安い席で六ポンド、演奏しているときは電気を消してローソクの灯りのみになる。演奏は全体的に素晴らしく特にヴァイオリン奏者がとても上手で、演奏後、総立ちでの拍手鳴り止まずだった。

久実子さん誘って下さってありがとう。おかげさまで落ち込んでいた気持が立ち直った。

八月五日はこの教会で私の大好きなモーツァルトの「交響曲第四十番」を演奏するのでまたぜひ来たいと思う。

## 七月十三日　木曜日

最近、ユミコがよくため息をつく。少し気になったので三十分の休み時間に外へ連れ出して喫茶店へ行った。ケーキと飲み物をとって、さあ話してみな、と聞く準備をすると、彼女が泣きながら話し始めた。彼女が悩んでいるのは次のようなことだった。

まず、新しい単語が次々に増えて覚えられないということ。勉強してもすぐに忘れてしまっている自分がもどかしくて仕方ない。それに聞き取りのレッスンにも通っているけど、全然聞き取れなくて、先生も頭を抱えているという。学校でも最近は先生が補足説明をあまりしなくなったので、余計に内容が理解できずに、授業についていけなくなっている。こういう悩みをどうやって解決すればいいのかわからない、と打ち明けた。

たしかに、二タームになってから難しい単語が増えて、一日に三〜五つずつは新しく覚えなければいけない。授業も一タームのときはショーンも丁寧に教えてくれて、私たちが何をやればいいのかを指示していた。でも二タームになってからは新しい文法などについてはもちろん説明するけど、ひとつひとつの説明は極端に簡単になっている。二ターム目だから、生徒が自分から聞き取って理解するのも勉強だと考えているのだろう。けっしてショーンが手を抜いているわけでもないし、ユミコだけが理解していないわけでもないのだ。

何度やっても覚えられなくても、それを繰り返していくうちに覚えていくんだよ。聞き取りの勉強だって、そんなにすぐに効果が出るはずがない。私だってマーティンと英会話のレッスンをしているけど、効果が表れているようには思えない。だけど、ここしか本格的に会話をする場がないのだし、何もしないよりは少しはプラスになっていると思う。それに私たちの勉強量はまだ少ない方で、これからもっとその時間と内容を増やしていくときだ……そんな話を私からユミコにした。

彼女の悩みを具体的に解決できる方法はなくて、結局今の勉強を続けるしかないのだと思う。

また、彼女はここ数日の間、学校へ行くのが嫌で嫌で仕方なかったと泣きながら言ったので、これには私も驚いた。彼女は自分というものをしっかり持っている人だし、積極的に自分の興味も満たしてロンドン生活を楽しんでいるように見えた。だから、そんなふうに悩んでいるとは、正直思ってもみなかった。でも、以前の私もそうだったから、彼女の気持ちはよくわかる。

明日で二ターム目も二週間が過ぎ、残りあと八週間。ホームステイ先を変わりたいけれど、焦っても仕方がないので、自分に少しでもプラスになるように動いてみようと思っている。いい学校があると聞けばそこへ行ってみるつもりだし、ホームステイ先の情報もこれからは集めてみようと思う。

今日の私は本当に落ち着いているでしょ？　でも、そのうちにまた焦って落ち込むよ、きっと。そのときは、はじめちゃんよろしくね。

## 七月二十日　木曜日

チューブがアクシデントで学校に十分遅れた。ベネズエラのメアリーが上のクラスに移ると聞いたので、休み時間に彼女と話した。メアリーは今、うちのクラスでトップの成績。肝っ玉母さんのようで、クラスや班をまとめるのがうまく、私とユミコは彼女が大好き。彼女はもともと英語が話せるけど、午後は学校のコンピュータールームで発音やスペルの勉強をしている。それにテープを使ってヒヤリングの勉強もしているから偉いよね。

でも、彼女は日本人ばかりのクラスが嫌になったんだよ。メアリーがいなくなると中国人一人、韓国人一人、それに日本人六人だもの。他のクラスの人たちもみんな変だと言っている。これじゃ、日本の英会話学校だよ。

昼はマーティンの家の近くにある公園で食べる。こじんまりとして可愛い公園だから人がいっぱいいて、ベンチもすべてふさがっている。ベンチに座れない人はブロックに座って食べているので、私もそうした。

今日は眠くて眠くてマーティンに頭が働かないと言った。彼は面白くて、私が美味しいことを伝えるときに「デリシャス」しか使わないので、もらい物のケーキと南国の果物（ナツメみたいな果物）を持ってきて、私にそれを食べさせながら他の言い方を練習させた。ケーキは手作りとは思えないほど美味しかったので、私の口からもたくさんのほめ言葉が出てきた。

マーティンが作った本が日本から送られてきていて、それを見せてもらった。彼の本業はフォトグラファーなのに英語を教えているのは、いろんな人と話すのが好きだからだそうだ。たくさんの生徒に教えるのは嫌だけど、いろんなタイプの生徒がいた方がいいというから、私みたいにダメな生徒もたまにはいいだろうと言うと笑っていた。

彼が日本語を勉強しているのも日本人と話したかったからなんだって。日本語は難しいので、ある程度マスターするまで思っていた以上に時間がかかったらしいけど、あと何年かしたらフランス語かイタリア語を勉強すると言っていた。それが彼の趣味なんだそうだ。

## 七月二十七日　木曜日

今日は学校が終わってから、由美子さんと会う。彼女はエリザベスの家にステイしている久実子さんの友人で、先日も彼女とはコンサートでお会いしている。今回は久実子さんも一緒に来ていたので、三人で由美子さんの通っている料理学校へ行った。そこはこじんまりとした学校だったが、説明会は別の場所で火曜日の十二時から三時まで行っているのでそちらに行くように言われた。

今日は詳しい話は聞けなかったけれど、もし気に入るようだったら毎週木曜日はこの料理学校に通い、他の日に英語を習うコースがあればそれをとるつもりだ。そうでなければ、久実子さんが勧めている学校（七月七日に行った学校とは別のところ）へ行こうと思っている。

今の学校も二ターム目に入り、授業のスピードは格段に早くなっている。予習をするようになってからは、なんとか授業に付いていっているけど、きちんと内容を把握しないまま次の課程に進んでいるのも事実。これは私に限ったことではなく、たぶん他のクラスメイトだってそうに違いない。いくら彼らが若くても、すべての授業内容をすぐには吸収できないものね。近頃はこんな風に考えられるようになった自分に少々驚きだ。

だから三タームに入ったら、さらに授業のスピードも早くなるだろう。そのまま今のクラスにいたら、私自身が息詰まってしまうのは目に見えている。九月から十二月は少し楽しんで勉強ができるようにしたいと思っているので、他の学校を探している。喫茶店でランチを食べてからもう一つの学校を見に行った。校長は日本人の女性で、綺麗な学校だった。ちょうどその校長先生がいたのでこの学校に関する話を聞くと、一クラス十名から十二名で四十%が日本人とのこと。やっぱりどこへ行っても日本人ばかりだね。

それからトッテナムコートロードにある大きな本屋へ久実子さんと行って、他の学校も調べることにした。明日彼女が電話をして説明会の日時や場所を聞いてくれることになった。

彼女は七月三十一日から約一週間、デンマークの友人のところへ行くそうだが、その間もし私にわからないことがあったら、帰ってきてから教えてくれるそうだ。

私にはこういう親切な友人がいて、心から幸せだと感じている。

## 八月一日　火曜日

昨日からルルたち一家は一カ月の夏休みでモーリシャスへ帰ったので、九月一日に彼女たちが戻るまで私は家に一人きり。

昨日家の近くのパン屋へパンを買いに行ったら、店員のお姉さんがサービスに大きなパンを一ケくれた。私がお礼を言った時あまりにも嬉しそうだったらしく、もう一ケおまけしてくれた。

そのパンを昼食用に持って来たので三十分の休み時間に食べた。

授業が終わるとすぐに学校を出て、先日由美子さんたちと訪れた学校の説明会に行った。説明会の場所にたどり着くと、なんと料理コースはこの前の学校でいいんだって。あのオバサンがちゃんと説明していれば、今日来なくても済んだのだ。わざわざ地図に※印まで付けて、指で差して「ここだ」なんて言ってたくせに……。

せっかく来たので英語学校の方の説明を聞こうと思い、受付の人に指定された教室に入ったら日本人は一人もいなかった。願書のようなものを渡されたので、辞書をひきひきして書きあげた。しかし、この教室は一年間を通して英語を勉強する人たちが集まるところで、私が九月から十二月までと告げたら、もう一度受付で確認してくるように言われた。思わずため息をつくと、その教室のオバサンは「ソーリー」と謝った。まあ、このオバサンが悪いわけではないものね……。

受付に行って説明すると、今度は九月五日に来てくれと言う、九月五日まで決めないわけにはいかないでしょうに！　時間を見るとあと三十分あるので料理だけでも手続きしようと思い、チューブに乗ってこの前の学校へ行った。

学校は休み中だったが、受付にはおじいさんが一人いて、用紙に住所や名前などを記入するように言われた。初日は十時から始まるので九時四十五分までに来て、お金を払ってから授業を受けるらしい。説明書に六十八ポンドとあるので、一回につきそれくらいかと思ったら、十二週で六十八ポンドと雑費の十ポンドを足して、計七十八ポンドだった。すごく安いと思ったので、あとで由美子さんに電話で聞いてみると、材料は自分で買って行くらしい。イギリスの料理学校は基本的にそうなんだって。

今日は泣きたくなるような思いをして、あちこちを走り回ったけど、とりあえず料理学校の方だけでも決まったのでよしとした。料理学校で親しい友人もでき、会話もできるようになればいいんだけど。私は由美子さんに勧められたこともあり、「ランチを作って食べるコース」を選んだ。

明日は英語学校の方を探しに行く。また泣きたくなるような思いをして走り回るんだろうけど仕方がないね、自分のことだから。

## 八月四日　金曜日

ベネズエラのメアリーのホームステイ先で、私に新しい家を紹介してくれることになったので、今日行ってみようと思っていたら、その奥さんがトルコへ一カ月間帰ってしまっていた。メアリーが気の毒がって、学校の宿泊施設の担当者のところまで一緒に来てくれて、自分の家の人がノブを推薦したと話してくれた。その担当者はコンピューターを叩いてデータを確認し、私が九月八日までしか在籍しないので学校として斡旋できないと言われた。私もそう言われると思っていたので、学校を通さずに紹介してもらおうとしたけどダメだった。

マーティンの家に行くまで時間があったので、近くの公園に行ってみると、若い女性が一ポンドのオレンジジュースを配っていた。私はマーティンの分ももらって持っていった。

マーティンは新しい物を買うといつも得意げに見せる。今度はテレファックス。スキャナー付きでメールも送れると自慢していた。今日は学校でわからなかった部分を教えてもらった。

そういえば、マーティンが来日していた頃の思い出を話してくれて、日本人は親切だったと言っていた。仕事が終わってみんなで飲みに行くのも楽しかったし、食べ物も美味しい。それに四季があって、綺麗な場所がたくさんあるのも気に入っていたみたい。でも人それぞれが個性的で面白いのはロンドンの方だって。

マーティンは三十五歳、もっと若く見えると言ったら「ワーイ！」と喜んでいたけど、男性が若く見られるのは本当は喜んでいいことではないとも付け加えた。私はここに来ると頭痛が治るので、その代わりマーティンがダメ生徒のお陰でストレスをためているんだろうと言ったら笑っていた。

久しぶりにトッテナムコートロードからうちまで約一時間、ダブルデッカーのバスに乗った。二階の一番前の席に座り、あちこちの町を通るのでそれを眺めながら観光客気分で帰った。

## 八月八日　火曜日

授業はだんだん早くなるし、予習したところは飛ばされるしでたいへんだ。二タームは十週しかないので、どんどん先に進んでいる。今のところは平気だが、そのうちにアップアップしそうな予感がする。それに、三時間目は女性の先生だったのに、噂ではうちのクラスがアジア人ばかりで嫌になったらしく、このクラスを受け持たなくなった。代わりに男の先生が受け持つことになったけど、やる気がなく、教えようという気もない。生徒がわからなくても助けないので、暗くてつまらない授業。

今朝は降らないと思ったけど、傘を持ってきて正解。授業が終わったら、雷とすごい雨。教室で家から持ってきたジュースとサンドイッチで昼を済ませ、雨が止んでからマーティンのところへ行った。「今日は洗濯機を買ったから、見て」と、さっそく見せてくれた。今日の目的は授業より、今度行く学校の電話番号と地図を手に入れることなので、早速マーティンに事情を話して学校に電話してもらった。

場所はマーティンの家のすぐ近くなので、授業が終わってから行ってみた。すぐには見つからなかったが、近くの店の人に聞いてわかった。とりあえず今日は場所の確認。明日行ってからきちんと説明を聞いて、決められれば手続きしてくる。

私がホームステイ先を変わりたいとユミコに話していたので、彼女が現在のホームステイ先のお母さんに聞いてくれて、一軒を紹介してくれた。ゾーン四で駅からまたバスなので、ちょっと乗り気じゃなかったけど、電話番号と住所まで教えてくれたので、一度その人の家に行って会ってみようと思った。すごくいい環境でいい人であれば、少しくらい遠くてもいいと思っている。

先日のメアリーのときのようにグズグズしていると、またダメになってしまう。だから今回はまず見に行こうと思い、家に帰ってからすぐに電話をかけた。ユミコからは「その人はアイリッシュ（アイルランド人）だからすごくフレンドリーだよ」と聞いていたけど、電話して名前を言うと、もう私のことを聞いていたようだった。私が「一度会いたい」と言うと、「それはいいことね。会うのを楽しみにしているわ」と言ってくれた。こういう人と話をすると何だかホッとするね。そして、土曜日の三時にその家へ行く約束をした。

## 八月十日　木曜日

最近、授業内容がわからないまま終わることが多くなってきた。家では予習も復習もしているけど、ときどき内容を飛ばすからね。そのうちに溺れそうな予感だけど、まだ大丈夫。まったくあの三時間目の先生の授業は疲れる。でもこれは私だけじゃなくて、みんな困っているからね。

今日は授業が終わって、家から持ってきたサンドウィッチを教室で食べようとしたら、先生が残っていたので、仕方なく公園で食べた。休み時間に久実子さんに紹介された由美子さんに電話をして、先日一緒に行った日本人が経営している学校の住所、電話番号を聞いて授業が終わってからそこへ出かける。

うろ覚えだったけど、駅の近くなのですぐにわかった。ちょうど休み時間らしく、若い日本人の男の子が下にタバコを吸いに来ていたので、その子に学校のことをいろいろ聞いた。校長が先生にも厳しくて、いい加減な先生はやめさせられるから、先生は一生懸命教えてくれるらしい。それに、日本人の校長だけあって、ビルの中はとても清潔で綺麗。その男の子はこの学校に長いんだって。「月謝がとても安いんですよ」と言ってたけど、十二週で四百ポンドなんて信じられないくらい安い。九時から十時半までと十時五十分から十一時五十分までの計二時間半。「校長の妹さんもいて、日本人だから日本語で説明してくれますよ」と言っていた。

二階の事務所へ行くと、この前も日本人の女性が受付をしていたけど、今日も彼女がいて入学テストを担当していた。言葉が通じるのはありがたいことだと、そのときにつくづく思った。だって、こっちの知りたいことが、きっちりすべて聞けるんだもの。

「一日体験があるのでどうぞ」と言われたけど、今すぐ決めずによく考えてから受けることにして案内書だけいただいて来た。

夕食は冷凍のご飯とイタリアンチキンカレーをチンして、レタス、キュウリ、ラディッシュ、アボガドのサラダ、それに、水ようかんのデザートを食べる。

食べ終わってから、窓辺でこの日記を書いている。こんなところで一人暮らしはもうたくさんだよ。今日で約二週間、ルルたちのいない家で一人で暮らしている。話す人がいないので家では全く喋れない。仕事やめてロンドンまで来て一体私は何をしているんだろうと、むなしくなる。

土曜日に紹介された家に行って、お互い気に入ったら来週引っ越そうと思う。学校にお金を返してもらうよう言ってみるけど、もし返ってこなくても私は引っ越そうと思う。電話の様子ではとてもいい人だったので、もう決めたつもりでいる。

## 八月十二日　土曜日

今日行って、新しいホームステイ先を決めてきた。その家の庭にはブランコがあって、リンゴの木やプラムの木が植えられている。それに小さい犬も二匹いた。夫は人のいいおじいちゃんって感じで、奥さんもとてもフレンドリーな人だった。

まずホームステイ代だけど、この家は夕食なしで九十ポンド（一週間）だって。今の学校のコースは割引コースだから安くて、「今、朝と夕食付きで八十三ポンドだからそれと同じにしてください」と、ユミコも一緒に来てくれたので二人で頼んだら、お母さん最初は「夕食なしでどう?」と聞いてきた。「夕食なしは困る」と言うと、考えた結果、夕食付きで八十三ポンドにしてくれた。そしてめでたく新しいホームステイ先決定となる。

八月十九日の土曜日に引っ越すことになった。家はけっこう広くて、二階に三部屋、一階に居間と台所とダイニングル

ームがあった。夫婦で教会にも行っているらしく、今夜はパーティーだと言っていた。ユミコの家のホストマザー（イナという名前）もそうだけど、ボランティアでお年寄りの世話をしているみたい。話していて、とてもいい人たちだということがわかった。

今朝からお見合いに行く気分だったけど、私があっさり決めたのでユミコも驚いていた。家の中や庭を案内してもらって、ティーをご馳走になり、しばらく話をしてから今度は彼女がステイしている家へ行った。

ゾーン四で駅からバスに乗る。私の方が駅に近いけど、彼女の家までは今度の家から歩いて行ける。それに夜遅く歩いても平気だと言っていた。私の家からは駅まで徒歩五分。学校へ行くには、ラッセルスクエアのひとつ先の駅で私たちが使うセントラルラインが交差していて、そこまで乗って四十分くらい。その駅で乗り換えて次の駅がラッセルスクエアだけど、彼女は乗り換えず、その駅から歩いているという。今より遠くなるし、交通費も高くなるけど、学校で世話してもらって変な家に行くよりもいい。それに自分で確かめられたからね。

ユミコの家のホストマザー（イナ）は黒人で、息子は家を出ていて、娘が一人家にいる。それに韓国人の女の子もステイしているらしい。イナは趣味が広く、音楽もクラシック、オペラから今風のまで、何でも好き。

最近は私の方が忙しくて、ユミコとゆっくり話す機会もなかったけど、今日は存分に会話を楽しむことができた。イナが私に、夕飯を食べていけと言ってくれたのには感動した。今夜も一人、窓辺で……と思っていたからね。チャーハンにチキンと野菜サラダ。庭を見ながら素晴らしい食事をいただいた。ユミコは「イナの料理はいつも美味しい」と言っているから、この家に移って本当によかったのだと思う。それにイナは話題が豊富で、ずっと三人で喋りながら食事していた。

久しぶりに誰かと一緒の夕食だったので楽しかった。ゆっくりして、家に着いたのは九時過ぎ。一人きりだけど今夜は平気。あと一週間だから頑張れるよ。

# 第二章

## 新たなるトライ

# 八月十九日　土曜日

今日は新しい門出の日なのに朝から雨がザアザア降り。七時に起きて朝食をとり、それから音楽を聴いたりしながら時間をつぶしていると、そのうちに雨も止んで空が晴れ上がってきた。私はきっと晴れると思ってたよ。だって、私の再出発の日だもの。

嬉しいことが朝から二つ。ひとつはルルよりモーリシャスからの絵ハガキ。「もうすぐ会えるね」と書いてあったので胸が痛んだ。もうひとつは、隣のおばあちゃんにお別れの挨拶ができたことだ。

この家で四カ月くらい暮らした。いよいよ出るとなったら感無量で涙が出そうになった。イギリスでの生活のスタート地点だったのだもの。

十一時にミニキャブが来たとき、ちょうどルーベン（ルルの親戚）がいたので、「あなたの親切を忘れないよ。ルルたちによろしくね」と言った。ルーベンは私の乗った車が角を曲がるまで見送ってくれた。

新しい家に行くと息子のデスモンドと旦那さんのデニスがいて、デニスは庭仕事の最中だった。私が挨拶すると「ティーを飲むか?」と聞いてきたので、三人でお茶をしながらテレビを見ていたら、そこにノラ（ホストマザー）がお使いから帰ってきた。

十二時半くらいに「サンドイッチでも食べる?」と聞かれて、お腹が空いていたから「Yes, please!」と言うと、サラダ、チーズ、それに美味しいパンを出してくれた。皿にはいろいろな果物が載っていて、「お腹が空いたら何でも好きなものを食べなさい」と言ってくれた。

そのあと、一緒にスーパーへ買い物に行ったけど、可笑しかったことがひとつあった。ノラが「ケーキは好き?」と聞くので、「ときどきは食べる」と私。「今日食べたい?」「ノー」「でも食べたいでしょう?」と何度も念を押すので、私も「イエス」と答えるしかなくなって、結局エクレアを買うことになった。

ノラはビールとワインが好きなんだって。さっそく白か赤かと聞くので、白をリクエストすると、シャルドネのワインがセールで安かったので、それも買った。

家に帰ると、デニスが一人でベーコンとジャガイモを焼いている。「わぁ、美味しそう。料理上手だね」と言うと、「この家ではお腹が空くと自分で勝手に作って食べるんだよ」と笑いながら答えた。そして、さっきサンドイッチを食べたばかりなのに、パンとベーコンとトマトを出してくれた。とても美味しそうなので、また食べちゃった。三キロ痩せていたけど、ここの家で元に戻るね。

デニスが出かけると言うので、「どこへ行くの?」と聞いたら、パブだって。「ノブも一緒に行きたいと言っているよ」とノラが私のことをからかった。

ノラは演劇、ミュージカル、読書、旅行が好きなんだって。それに話題も豊富でよく喋ってくれる。私はクリスチャンではないけれど、もしよかったら明日教会に一緒連れて行ってくれないかとお願いしたら、「ノープロブレム」と言って、連れて行ってくれることになった。

夕食後に今日買ってきたエクレアを食べると、これからウォーキングに行こうということになった。

二人でいろいろ話しながらずいぶん歩いて来た。私が話をするときは黙って最後まで聞いてくれて、間違っているところは直してくれた。

だいぶ歩いたのでノラはくたびれたらしく、「帰ってビールを飲もうか?」と言う。「ダメ、ビールを飲んだらまた私たち歩かなくちゃいけない!」と言って、二人で大笑いした。

家に帰るとデニスは庭のブランコでずっと寝ていた。ノラと私は居間のテレビでダイアナ・ロスのショーを見ていたけど、それが終わった頃にデニスがやって来たので、「Good Morning」と言ってからかった。今日は本当によい日だった。この家に移ってよかった。これから私の生活もよい方に変化していく予感がする。

## 八月二十日　日曜日

広くて綺麗なベッドでぐっすり寝たよ。私の部屋は広くて、なぜかベッドが二つあり、白い洋服ダンス、机、イスも普通のものと藤のゆったりしたものと二つある。白い棚、ベッドカバーもきれい。窓からは庭が見え、花や果物がなっている木、芝生、ブランコ、そして二匹の犬が遊んでいるのが見える。部屋もスーツケースを全開にしてもまだゆとりがあるほどの広さだ。習慣で五時半頃に目が覚めたけど二度寝して、七時半に起きて九時頃まで勉強した。下へ行くと、デニスがもう起きていた。

私は四、五種類あるパンから好きなものを選んでトーストにすると、ノラがジャムを出してくれた。あとはコーヒーと果物。

食べ終わってから庭へ出ると、プラムが色づいていた。デニスが来て「食べてごらん」と言うので、採って食べたら美味しかった。私が「種を埋めたら来年あたり芽が出るかな?」と言ったら、彼、笑ってた。ノラも出てきて、三人でブランコで話す。デニスが、さっき私が言ったことをノラに話すと、彼女は「芽が出てきたら〝ノブの木〟にしよう」と提案した。この二人、今年の四月で結婚四十年目だって。

そして三人で教会へ。週に一回だから、私も毎週お付き合いすることにしよう。それに、慣れてきたら教会の手伝いをさせてもらえるかもしれないからね。

帰ってきて洗濯。ここは外に干せるからいい。私は、家の中で干すのは健康的じゃなくて嫌いなの。天気が良いので、外のブランコで勉強。洗濯が終わったのを気づかないでいたら、ノラが干しておいてくれた。

一時半くらいにお腹が空いたので台所へ行くと、息子のデスモンドが「お茶でも飲む?」と聞いてきた。この息子もやさしいよ。ワインバーで働いているとかで、土曜も日曜も午後四時頃に出かける。

そのあと、日本に電話をかけようと思い、公衆電話や家の電話を借りたが、すべてつながらない。一時間くらい日本にかけられる電話を探し回ったけどダメで、もう疲れ果てて家にもどったら、「まあ、休みなさい」とノラが野菜入りのパイを出してくれて、これが美味しかった(私の格安料金の電話のかけかたでは、このエリアはかけられなかった。なぜだろう?）。

食べ終わって洗濯物を取り込んでいたら、芝刈りをする隣の家の人と目が合ったので、私の方から挨拶した。隣のご主人でケンという黒人男性だ。ノラたちのことも「とてもいい人だ」と誉めていた。

この家には他にスイス人の学生ダニエル（まだ会ってない）と犬が二匹いる。茶混じりの白い方がビンゴ、茶色い方はタウザーという名前。私は名前を覚えるのが苦手だから、今は一生懸命覚えているよ。人の名前も犬の名前もゴッチャになりそう。


「ノブ、ディナー!」と呼ばれて下へ行くと、今日はチキンソテー、マッシュポテトなど。今夜は昨日買ってきたワインを開けた。甘口で美味しい。そこへスイスの男の子が帰ってきたので挨拶して、ワインを一緒に飲んだ。お互いに自己紹介をすると、なんと彼は私と同じ学校だった。今週の日曜日に帰るそうだが、ロンドンは気に入ったからまた来ると言っていた。スイスまでは一時間とちょっとだって。うちの学校、ヨーロッパでは有名らしく、少し前にはスイスのロレックスの社長の息子が来ていたとか。面白いね、スイス人と日本人がイギリス人の家で一緒にワイン飲みながら話しているなんて。

## 八月二十一日　月曜日

新しい家から初めて学校へ行く。少し緊張していたらしく、何度も目が覚めた。七時半頃に朝食と言っていたが、台所で音がするので七時に行ってみると、デニスが起きていた。私もパンをトーストしてコーヒーを入れ、ヨーグルトと食べていた。するとノラが降りてきたので三人で朝食。

スイス人のダニエルはまだ起きてこなかったので、私は一足先に家を出た。家から電車に乗るまで十分、チューブに乗ってから三十分でホルボーン。そこから学校まで十分の計五十分で着く。もっとかかると思っていたけど、今までより十分余計にかかるだけだった

三十分休みにはじめちゃんに電話してから教室に行くと、すでに授業は始まっていた。途中から入るのも嫌だし、三時間目のあの面白くない先生だったので、サボって久美に電話した。そのあと、公園でコーヒーを飲んだけど、晴れていて気持ちよかった。

授業が終わったようなのでブラジル人のミレリを待ったが、今日は休み。彼女とは今、クラスが違うが、週一回ランチを一緒にして会話の勉強することにしていた。学校の外へ出ると、なんとスイス人のダニエルに会った。立ち話をしているとユミコが来たので、ダニエルを紹介した。

それから本屋に行ってロンドンに関する本を買い、田中の久美チャンに送ろうと思う。そのままトッテナムコートロードへ歩いていき、自分の読みたい本が二冊あったのでそれも買ってしまった。自分のレベルに合った本でとてもおもしろい。学校にはもう読みたい本がないし、勉強のためだけに面白くない本読んでも嫌になるだけだからね。

家へ帰るとすぐに「Would you like tea?」と言われたけど、お腹いっぱいなので断った。そして金

曜日にテストがあるので、庭で勉強することにした。隣の黒人の子が遊びに来たけど、すごくいい子なの。挨拶してからも勉強を続けていると、日本人の私を珍しく思ったのか、傍に来ていろいろ聞いてきた。この子はテニスがとても上手なんだって。

## 八月二十九日　火曜日

授業が終わるとウエストミンスターカレッジへ行き、九月からの入学手続きをしてきた。二時になると教室に連れて行かれて、まず説明を受けながら自分のフォームを書き込み、それからテストを渡された。入学希望者は一教室二十人くらいで、日本人は私一人だけ。テストは案の定できなかった……。

先生が「どれくらいロンドンにいる？」と各人に聞いて、その人のレベルに合った問題を渡す。それができると、さらに上の問題を渡す。私は女性の先生にあたり、「やさしいクラスに入れてください」と頼んだら、先生もフォームにそう書いてくれた。

それから一人ずつ面接を受けたけど、面接官はやさしそうな男の先生で、私がエレメンタリーのクラスを希望すると、「エレメンタリーはやさしすぎるからインターミディットにしなさい。ノブ、大丈夫だよ」と言ってくれた。ま、インターミディットについていけなかったらエレメンタリーに変更ればいいと思ったので、そのクラスを取ることにした。授業は十一時から一時の時間帯を選んだ。授業料は一千ポンドで、トラベラーズチェックで支払いを済ませると、すぐに学生証を発行してくれた。先生も事務の人もみんな親切なのでひと安心した。周りは外国人ばかりだけど、どんなクラスになるのやら……。

学校の帰り道、久実子さんらしき人物を見かけた。たしか今日から恋人のところへ行っているはずだが。別人かな？と思ったけど、人違いでもいいやと思って追いかけ、声をかけたらやっぱり彼女だった。彼女もビックリしていた。

二人でスターバックスに入り、お茶をすることにした。久実子さんに会えて本当によかった。彼女はあと二日で日本へ帰ってしまうから、きっと神様が会わせてくださったんだ。

彼女としばらく話をして、ピカデリーで別れて家に帰ろうとしたら、セントラルラインのホルボーンから三つ目くらいの駅で電車が止まり、十分以上も動かなかった。電車の中は暑いし、車内放送は何を言ってるのか分からず、日本の地下鉄とは雰囲気が違うから恐かった。

家に着くと七時近くになっていた。夕食のあと、前から食べたいと思っていた庭の真っ赤なリンゴをノラが勧めてくれたので、さっそくそれをいただくと、とても美味しかった。

そうそう、家に帰るとノラがはじめちゃんの手紙を渡してくれた。最近は誰からも手紙が来ないので嬉しかったよ。

## 九月一日　金曜日

もう今日から九月だよ。夕べ、ノラの娘が上の二人の子供をミュージカルに連れて行った。一番下の子がママが出かけるのに気づいて、「マミー、マミー」とあとを追うと、「マミーは仕事」とか言ってるので、日本と変わらないな、と思って見ていた。夜遅く帰ってきて、三人を連れて帰ったらしい。だから昨夜は遅かったので、ノラもデニスも起きてこない。私一人で勝手に食べて学校に出かける。インスタントカメラを持っていったので、三十分の休み時間に、まずショーンと写真を撮り、それからいつも行く公園も撮った。

学校が終わり、ベネズエラのメアリーと昼食をとる。雨が降りそうなので、カフェに入った。彼女は私にメールのやり方を教えてくれたり、新しいホームステイ先を世話してくれようとしたり、とても親切にしてくれたので、何かプレゼントを渡そうと前から考えていた。私は日本で懐中時計をペンダントにしてきたけど、それをメアリーにプレゼントした。

メアリーはネックレスが好きで、いつもしているので、この表が象嵌で可愛い花模様の付いた懐中時計のペンダントをすごく喜んでくれた。メアリーは十二月までロンドンにいるし、家が私の駅の二つ隣なので、学校が変わっても土曜日とか日曜日には連絡して会おうと言ってくれた。

家に帰ると、デニスが表にいてドアを取り替えていた。犬が二匹とも外に出ていて、私が声をかけると二匹が走ってきた。可愛いよね。私に犬がなついているのが、デニスもノラも嬉しいらしいよ。

ディナーのとき、デニスがいないので「デニスは?」と聞くと、郵便局に行って、帰りはパブだって。ノラと二人、今日は白身魚のフライ、マッシュポテト、庭で採れたトウモロコシを食べた。トウモロコシは身がしまっていて美味しかった。私が「孫が帰って寂しいでしょ?」と聞くと、「三人もいると疲れてたいへん。でもいないとやっぱり寂しいわ」と言っていた。

居間に移って暖炉を焚き、ポルトガルのポートワインを二人でグラスに注いだ。このワイン、コクがあって香りもよくて美味しかった。そのときデニスが帰ってきた。普段のデニスはわりと無口だけど、アルコールが入るとよく喋るんだって。今夜は私によく話しかけてきた。

はじめちゃん、おやすみ。今夜はワインも入っているからいい気持ち。

## 九月七日　木曜日

はじめちゃん聞いてよ、笑っちゃうねー。

先日ショーンが抜き打ちにテストしたの。それが思いがけなく私はみんなと同じ点が採れたの。いつもは十点ぐらい少ないのにね。

喜んでいたらまたテストするという。せっかくみんなと同じ点を採ったんだから、またテストを受けて悪い点を採って落ち込みたくなかった。

だから、そのテストの日が昨日だとばかり思っていた私は「そうだテストを受けなければいいんだ！」と名案を思いつきテストのある四時間目を早退することにした。クラスメートにはまさか本当のこと言えないので、「新しい学校の面接日」と嘘を言って、私の好きな本屋の二階で「ヤーイ、今頃みんなテストで苦しんでいるな！」といい気持ちで昼食をゆっくりとり、本を読んでたのしい時間を過ごした。

ところが、ところがですよ！

今朝、教室に入ったらみんな一生懸命勉強しているの！　隣のユミコに「みんなどうして勉強しているの？」と聞いたら、「ノブさん今日はテストでしょう！」と言われ、何？　何？「テストは昨日じゃなかったの？」ガーン！

私の勘違いでテストは今日でした。それも先生が私の魂胆を見透かすように第一時間目がテストでした。昨日の私の名案はなんだったんでしょうね？

## 九月八日　金曜日

今、夜中の十二時です。十一時頃に帰ってくると、デニスがテレビを見ていたので、「遅くなってごめんなさい」と謝ったら、「いいんだよ。楽しんで来たかい？」と言ってくれた。それにあとで

「シャワーしてもいい？　うるさくない？」と聞きに行ったら、「大丈夫、大丈夫」と言ってくれたので、お言葉に甘えてシャワーを使わせてもらい、こうして机に向かっている。

今日は私の卒業の日。お陰様で二タームを修了した。この二タームは楽しかった。短くて、みんなも言っているけど、あっという間だった気がする。あの一タームのときの辛さがなく、本当に楽しんで勉強できた。これも、はじめちゃんの励ましがあったからだと思う。

学校では、昨日ショーンが撮ってくれた写真をもらったり、卒業証書を渡されたりした。それを渡すとき、ショーンは私の両頬にキスしてくれた。私が「ショーン、私は一週間顔を洗わないからね」と言ったとき、ショーンは何て答えたと思う。「たった一週間？」だって。敵もサルものだね。

昼はユミコと、その友人で美人のヒデミさんと私の三人で、お好み焼き屋へ行った。明日ヒデミさんは日本へ帰ることになっているので、この昼食は送別会も兼ねていた。

ヒデミさんと別れてから、喫茶店でユミコとお茶を飲んでお喋り。今度は六時にカヨコと待ち合わせして三人のディナーとなった。イタリアンの店で、大きなピザ一枚とスパゲティ一皿、トマトサラダ一皿、それに二人はミネラルウォーター、私はイタリアのワインを頼んだ。カヨコが私にカードとキャンディをくれた。カードには〝ノブさんおつかれさま。この六カ月間楽しかったです。私生活で悩んでいるとき元気づけてくれてありがとうございました。本当にうれしかったです。失礼かもしれないけど、結婚していて、子供もいてという状況で留学するってなかなかできないことだと思います。本当、ノブさんはすごいと思うよ。最後に、覚えててね、ずっと友達だよーって〟。

今日は私の送別会でもある（私が新しい学校に移り、ユミコとカヨコはそのままセントジャイルスに残る）。楽しくて、十時頃までお喋りして、やっとお開きになった。

というわけで、帰宅は十一時。でも駅から家まで徒歩五分で住宅街だし、この時間帯もけっこう起きている家があったので恐くなかった。

カヨコは一人でイタリアへ十日間の旅に行くし、ユミコはどこへ行くか迷っている最中。二人ともこれから二週間の休みだからね。私は二日だけ……。もう少し休みたいなあ。

## 九月九日　土曜日

今日はルルの家へ行こうと決めていた。夕べは遅く寝たのに、目が冴えて眠れなかった。緊張しているのかな。

ルルの好きなバラを買うために花屋に寄ったらバラはなく、二・五ポンドのカーネーションの組み合わせにした。これはルルに対するお詫びと、今までの感謝の気持ちだ。

親子三人が買い物から戻ってくる頃だと思い、一時くらいに家に行った。チャイムを鳴らすと、初めはオモーが出て、ラムジンがドアを開けてくれた。ラムジンと挨拶すると、ルルが居間に座るように勧めたので、ルルとオモーと私の三人で座って話をした。さすがルルだと思ったのは、心の中ではどう思っているかわからないけど、話している最中、ずっとニコニコ笑みを絶やさなかったこと。

「ルルがバラを好きなのはわかっていたけど、今日は花屋にバラがなかったの」と言って花を渡し、「モーリシャスに行っている間に家を変えて、本当にごめんなさい」と謝った。ルルは「いいのよ。でも今はどこにいるの？」とか「どこの人？　家族は？」と質問してきた。アイリッシュと答えると、「ああ、それはよかったね。アイリッシュはとても親切だし。私もアイリッシュが好きよ」とも言った。そして「今、ノブはハッピー？」と聞くので、「もちろん、とてもハッピーよ」と答えたら、ルルはとても喜んでくれた。

それに、「スーパーでヨーグルトを買うときは、いつも〝ああ、ノブはもういないんだ〟って思うよ」と聞かされたとき、ちょっと胸が痛んだ。でも、最初の約束より三週間早かっただけで、いずれはこの家を出る事になっていたからね……。

ルルはオノンと増宮さんから来た手紙をきちんと取っておいてくれて、それにモーリシャスのおみやげまでくれた。でも、物をもらったことより、その気持ちが嬉しかった。私がまだここにいるとき、モーリシャスから絵ハガキを送ってくれたことのお礼も言った。

他にも「いつ帰るの？」「三月までいる」「次の学校は探したの？」「ウェストミンスターカレッジ」「場所は？」……などとやり取りした。そして最後に、「三月に帰るときは必ず電話をよこして、うちに来てね」と言ってくれたのが嬉しかった。ルルは玄関先に立ち、私が下の道路に出るまで見送ってくれた。

ここに来るまでは別の日にしようと思っていた。でも、あと延ばしするほど行きづらくなるのはわかっていた。結局三十分くらいしかいなかったけど、今日行ってきて本当によかった。

家に帰ると五時。誰もいなくて、犬が人間の帰りを待ち構えていたので、しばらく遊ぶ。夕食のときは、今日一日のことをノラたちに話した。今夜はくたびれたので早く寝ることにします。

## 九月十一日　月曜日

新しい学校がスタート。なんだか緊張して七時半に起きてしまった。

今日は初日なので、九時半に家を出るとノラに言っておいたけど、友だちへの手紙を近所の郵便局に出しに行くので、少し早めに家を出た。本日もセントラルラインが途中で十五分くらい止まった……。でも、今日は天気もよく時間もあったので、ひとつ手前の駅で降りて、学校まで歩いた。

十時四十五分に学校に着いたけど、教室に行くと誰もいないので不安になった。そのうちやっと女の子が入ってきて私の隣に座り、挨拶をした。彼女はイタリア人でミラノ出身のロザンナ。一年前からロンドンに来て、ヒルトンホテルで働いていたけど、英語を勉強するためにこのウエストミンスターカレッジに入学したらしい。

日本人は私とキョーコの二人。離れて座っていたのでお互いに最初はわからなかった。他はイタリア人が一番多くて男が五人に女が六人。それにスペイン人一人、オーストリア人一人、ブラジル人二人、フランス人一人かな。今日は教科書がないので先生がプリントを渡し、それで授業をした。初日なので、最初に円座になって先生と生徒でお互いに自己紹介をしたけど、私の名前は覚えやすかったようだ。でも先生の出席簿は「Nobu」ではなく「Nobo」となっていた。

このクラスが難しくて、とてもついていけないようなら、ひとつ下のクラスに入れてもらおうと思っていたけど、今日の様子では大丈夫みたい。みんなと一緒に勉強していけそうだ。途中五分間の休憩を挟んで授業は二時間続き、最後に先生が校内を案内してくれた。

昼は誰かを誘おうと思っていたのでロザンナに声をかけたら、彼女もサンドウィッチを持ってきていて、一緒に食べると言うので、私もパンを買い、マーティンのところへ行く途中の公園で食べる。けっこう長い間二人で話して楽しかったよ。彼女の両親は亡くなっていて、兄弟もいないので一人なんだって。同じ職場にイギリス人の恋人がいると言っていたけど、彼は出張でイスラエルに行っているとか。彼女は今日も四時からヒルトンホテルで働くんだって。私を社割で泊めてあげると言ってくれたけど、ヒルトンは高いものね。

先日とし子さんに新しい住所を教えていたので、とし子さんからその返事と、はじめちゃんからの手紙が届いていた。

## 九月十四日　木曜日

料理教室が始まる。朝はそれほどでもなかったけど、やはり昨日は緊張した。なんでも初日は嫌なものだ。でも結論、この料理学校を選んで本当によかった。エリザベスや久実子さんの友人の由美子さんにもお礼を言わなきゃ。

早めに家を出たけど、案の定チューブが動かなくてギリギリの十時に飛び込んだ。先生は女性で、すごく太っているけど、とてもやさしい人。今日から入ったのはおじいさん一人、若い女性一人、そして私の三人。それと前からやっているおじいさん一人とおばあさん五人の計九人。ほとんどがお年寄りだけど、イギリス料理なんて若い人は興味ないだろうし、しかもランチを作ってみんなで一緒に食べるなんて、よっぽど暇人でないと行かないよね。

料理が始まる前に、おばあさんがみんなにティーを入れてくれて、それを飲みながら先生の説明を聞く（この説明が私には？？？）。今日作るのは、スパゲティ、ガーリックトースト、ケーキ、ティラミス（これもケーキだけど）、サラダ。

まずはケーキとパスタのグループに分かれることになった。隣のおばあさんがパスタのグループに行ったので、私もそちらに行って、パスタ作りを手伝った。そして手が空くと、新人のおじいさんと女の人と私の三人でガーリックトーストを作った。私がケーキ作りを見たいと思っていたら、おじいさんが「ボクがこれをやっておくから見ておいで」と言ってくれた。

先生が実際にやってみせてくれるので料理方法はよくわかる。由美子さんも日本人の方が器用だから大丈夫と言っていたけど、その通りだった。やらせてくれればなんでも早いよ、私は。ただし雑だけどね……。

ひとつ驚いたのは、ガーリックトーストに入れるパセリをコップの中に入れて、その中でハサミを動かして細かく切る方法。あれには驚いた。

みんな手慣れていて、テーブルセンターを敷いて、ナイフ、フォーク、皿を素早く用意する。私はどこに何があるのかわからないので洗う方を受け持った。手が空いてるお年寄りは「ノブ」と話しかけてくる。Nobuという名前は覚えやすいから得だね。

今日入った女性は、そのあとで試食するのを知らなかったらしく、今日は友だちと約束があると言って帰ったけど、残った人は作った料理でランチを食べた。みんな年寄りなのに、とにかくたくさん食べる。

おばあさんに、「ティラミスとケーキ、どっちがいい?」と聞かれたので、しばらく迷って「それなら少しずつ両方とも」と言って笑われた。ティラミスはまあまあだけど、もう

ひとつのチョコレートが乗っているケーキがやたらと甘かった。チョコレートがかかっているのに、さらにその上からチョコレートソースをいっぱいかけて食べるの。私死ぬかと思ったよ。

終わり頃、しっかり者のおばあさんが自分のタッパーを出して、あれこれ詰め始めた。余りは持って帰っていいんだって。私も持って帰れと言われたけど、器を持ってきていない。ガーリックトーストならアルミホイルに包んで持って帰れると思い、少しもらった。そしたらティラミスとケーキが余っていて、それも私に持っていけと言うので、デニスとノラのおみやげに、ティラミスはカップに入れて、ケーキは三段重ねにしてアルミホイルに包んで持って帰ることにした。

とにかく三時間もイギリス人と喋るのだから、これはいい。先生も気を遣って「美味しいか？」「楽しんだか？」と聞いてくれる。それに材料費（材料は前もって用意されている）、これだけ食べて、なんと二ポンド。ランチでも外で食べたら七ポンドから八ポンドは取られるよ。本当に安いね。なんだか、この九月からは楽しくやれそうな気がするよ。

## 九月十五日　金曜日

今朝の八時近くに、デニスとノラはコーチ（バス）に乗ってドイツへ行った。近くにコーチステーションがあると言っていた。私も食事をしてから早めに学校に出かけたので、三十分くらい早く着いた。天気がよければ、途中どこかに寄ってもいいけど、雨が降ってるからな、と思ってピカデリーサーカスに着くと、外は土砂降りの雨だった。今日はレインコートを持ってきて正解だった。

ちょうどスペイン人のロッシォに会って一緒に駆け足で学校へ行った。彼女も三時間目は受けていないので、来週にでも昼食を一緒に食べようと約束した。

日本人のキョーコも来ていた。彼女は日本語で話しかけてきたけど、せっかくここは日本人が二人しかいないクラスだから日本語はやめようということになって、できるだけ英語で話した。それに一緒の席もよくないと思っていたら、さすがに彼女もわかっていたようで、別の席に座った。やはり一人くらい日本人がいないと、何か緊急の用件が発生したときに言葉が通じなくて困る。そしてこういう英語だけの環境にいてこそ、わざわざロンドンに来たかいがあるというものだしね。

授業は月曜・火曜・木曜が女性の先生で、水曜・金曜が男性の先生になったらしい。男の先生は所ジョージに似ていて面白い人で、女の先生も美人で親切だった。

授業が終わっても土砂降りのまま。雨だからロザンナは家で食べると言うので、私はマーティンのフラットの近くにあるマクドナルドでティーを買い、家から持ってきたパン二個を食べた。

マーティンのレッスンでは、最近は問題集を使わずに、私が日々の出来事を英語で話し、それをマーティンに正しい英語に直してもらっている。それと日常会話で、今までよくわからなかった言葉やフレーズについても練習した。

帰り際にマーティンが、最近買って今日も着ているトレーナー（茶色で下の部分だけ白）を「どう思う?」と聞くので、「あまりよくないね。下着がはみ出しているのかと思った」と言ったら怒っていた。そのお返しか、「傘が可愛いね。レインコートも綺麗な色だし、後ろから見ると若い娘みたい。ナンパしたくなるよ」だって。「バカ!　ケッとばすぞ!」と脅してやった。もちろん、この会話は日本語だ。

家に着くと、デスモンドのメモがあり、料理が作ってあった。袋入りのライスがあり、お腹が空いたらこれを作って食べろと書いてある。もし待てるなら八時に帰るから、とあったので八時まで待って一緒に食べることにする。しかし、デスモンドの料理はとても美味しいので、つまみ食いしたら急にお腹が空いて、スコーン二つと牛乳、それに煮込んであったおかずとイチジクを食べた。お腹がいっぱいになったので、これなら八時まで待てる。その間、犬たちは雨に濡れて家に入りたがり、あまりに鳴くので入れてやったら大喜びだった。この二匹、私が帰ってくると喜んで吠えるんだよ、可愛いね。

九時近くにデスモンドが濡れて帰ってきたので、それからまた二人で夕食を食べた。

## 九月二十二日　金曜日

今日は男性の方の先生だけど、宿題をやってないし、ロザンナも学校に来ない。天気がいいので学校を休んでどこかへ出かけようかと思ったけど、マーティンのレッスンがあるので、やはり学校に出かけることにした。

教室では日本人のキョーコと二人のテーブル席だったけど、ま、たまにはいいかと思って、私も日本語を話さないように注意して、いつも通りに楽しく授業が終わった。

今日はマーティンのレッスンに行くので、誰も誘わず学校のそばのスーパーで水を買い、例のテントの店でパン一つを買って公園で食べた（ロンドンでは公園が無いと生活出来ない）。

マーティンのフラットに着くと、マーティンがいない。仕方がないのでエリザベスに電話をして、これから行ってもいいか？と聞いたら、「待っている。カップ・オブ・ティーをしよう」とのこと。ならばとマーティンの家に電話をし、留守番電話にメッセージを入れておこうとしたら、マーティンが電話に出たので驚く。ちょうど戻ってきたらしい。レッスンに行けなくなったことをひたすら謝まった。マーティンも間に合わせるように早く帰ってきたのかもしれない。悪いことをしたなと、今もまだ少し気になっている。でもエリザベスのところにもなかなか行く機会がなくて……。

エリザベスには、私の口から学校とホームステイ先を変更したことを報告して、それと私の住所とオノンの住所も知らせようと思っていた。

アーチウェイの駅前でケーキ三つを買っていった。庭で私の持っていったケーキ一つを半分ずつとティーを飲みながらゆっくりと話した。年寄りだけどエリザベスの方がデニスよりも庭を綺麗にしている。

エリザベスも庭の隅にインゲンを植えていて、今日は私と五つくらい取った。イチゴも小さいのを二個とって「今夜のディナーだね」と笑ったけど、きっとインゲンの方はディナーに使うね。それと、たくさん実がなっているリンゴの木が一本あるけど、二、三個赤くなりつつあるのが食べられるくらい。台所に食べかけが残っていたのが、きっと庭のリンゴだろう。

途中でエリザベスに電話がかかってきて、この前結婚した息子のお嫁さんが帝王切開で大きな男の赤ちゃんを生んだんだって。エリザベスの長男には二人の男の子がいるから、これで三人目の孫だ。今日は天気もよく、私がここに来て（しかもケーキを持って）、孫が誕生したから、本当に最高の日だと喜んでいた。

帰りは六時を少し過ぎていて、ノラとデニスは夕食が終わったところ。私も夕食を食べながら、ノラにエリザベスのことを話した。そしてエリザベスが、私が家と学校を変えたこと、料理を習い始めたことについてよい選択だったと言ってくれたことを伝えた。

今日は本当にエリザベスのところに行ってよかった。マーティンごめんなさい。

## 九月二十六日　火曜日

授業が終わると図書室に行き、キョーコの授業が終わるのを待っていた。その間に本が届いたお礼をと思って、とし子さんに電話をしたら通じないので、絵ハガキを買ってきて図書室で書いて出すことにした。

キョーコの授業が終わったので、二人でテントの店でパンを買い、プラザの二階に行った。二ポンドのカプチーノをとって、それから二時半から六時半までお喋り。そんなに長く話していたとは思わなかった。

彼女は神戸にいるときから帽子作りを勉強していて、あちこちで働きながら十年近くもロンドンに留学したいと思っていたそうだ。でも、なかなかチャンスがなく、三十歳近くになったので、思い切ってロンドンに来たとか。私が前に通っていたセントジャイルスも見に行ったけど、日本人が多いのでやめたんだって。もう少し英語が上達したら帽子制作の学校に移ろうと考えていて、今は週三、四日、夜に日本人経営のレストランでバイトをしている。でもこのままだと学校とバイトに追われて、帽子の勉強をしなくなるのではないかと心配している。

英語なんてそう上達するものではないので、もう少し慣れたら帽子の学校に行った方がいい、と私もアドバイスした。やはり、英語だけを習いに来た人よりも、他に目的を持って来ている人の方がしっかりしているね。

気がついたら七時近くになっていたけど、彼女とゆっくり話ができてよかった。彼女も心強い味方ができたと喜んでくれた。

今日は帰りが遅くなり、家にも連絡もしなかったので、ノラも私が夕食を食べてきたと思っているだろうな、夕食はなしか……とがっくりしていたら、下から「ノブ！」と呼ぶ声。行ってみると、なんと夕食が用意されていたので、大感激だった！

## 十月一日　日曜日

今日から十月。朝は八時まで寝ていて、十時十分に下に降りると、ちょうどテレビでオリンピックの閉会式をやっていて、デニスとノラと私と、テレビの前に三人で立ったまま教会へ行く時間ギリギリまで見ていた。

教会に着いたのは遅かったのに、人影はまばら。ハハーン、みんなオリンピックを見ているなと思った。案の定、教会の式が始まると、みんながドドッと集まってきた。

一時半頃、ノラと二人で昼食。デニスはどこかへ出かけていた。もっと私が話せれば話も弾むんだけど、そうはいかないのがとても歯がゆい。もっともっといろいろ話をしたい。

今夜は六時半から教会でオークションがあった。面白かったよ。教会のガレージを綺麗に飾りつけて、その隣の部屋で、あれ寄付だと思うんだけど花、ワイン、ジャム、お菓子、手作りのパン、ケーキ、果物などを売っていた。ケーキやパンがほしくて、ノラも手を上げたけど希望者が多くて競り落とせなかった。その代わり、ローズマリーの植木とワインとシャンパン計五本を買った。二十三ポンドだと言っていたけど、まったく飲んべえだね。

そのオークションでは、木づちを持った進行係のおじいさんがとても上手で、面白い人だった。それに教会の一番偉い人も来ていた。ノラもデニスもみんなと仲がよくて、オークションのおじいさんとも挨拶したし、近所の人たちとも握手をして挨拶していた。私がもっと話せれば、この人たちとも親しくなれて楽しいのに……。本当にもっともっと英語がうまくなりたいと思ったよ。

## 十月八日　日曜日

七時頃に目が覚めたらどんよりとした雲。今日もダメだと思って半分諦めていたら、八時近くになって晴れてきた。よし、バースに行くぞ！　と決心してご飯を食べ、みんながまだ寝ている中を出発。バナナ一本とパン一切れを持った。

九時三十分にパデントン駅に着いたら、ちょうどバース行きが発車したところだった。仕方がないので、並んで切符を買ったら三十一ポンドもする。高いね、往復で五千円だよ。次の電車が十時三十分。一時間もあるので駅の中をうろうろしていた。ところが出発の十分前になっても、掲示板にプラットホームのナンバーが出ない。どこだかわからないじゃないの！　あっちへうろうろ、こっちへうろうろしたけど、この駅はスタッフもいないので、聞くに聞けない。とにかく、今来ている電車がそうだろうと見当をつけて、その辺にいる人たちに聞いて回った。黒人のお姉さんに聞くと、この電車でいいと自信なさそうに言う。不安なのでもっと前の方まで走って行き、他の人に聞いたら、やはりこの電車でいいらしい。飛び乗って、さらに乗客にも聞いて、やっと合っていることに確信がもてた。そのとき十時三十五分だったよ。

電車は十時四十分頃に出発。ガイドブックには一時間十五分と書いてあったけど、二時間かかってもまだ着かない。ここまで駅名をきちんと見ていなかったので、徐々に不安になっていたら、検札のおじさんが私の不安をわかってくれたのか「Next stop station」と教えてくれたのでホッとした。

やっとたどり着いたんだけど財布の中を見て、またビックリ。少し勘違いして五十ポンドしか持ってきていなかった。カヨコが、バースまでは高くて三十ポンドくらいすると言っていたけど、オックスフォードやケンブリッヂ、イーストボーンだってもっと安かったので、本当にそんなにすると思ってなかったのと、入園料をすっかり忘れていた。あと二十ポンドしかないよ。電車を降りる前に持ってきたパンとバナナを食べたけど、きっと帰るまでに何か食べたくなるよ。それに絵ハガキも買いたいし……。

そこで、一番遠くにあるけど、とりあえず歩いて行けるロイヤルクレセントに向かうことにした。エイヴォン川のほとりが遊歩道になっているので、そこを歩いた。川にかかる橋の上がお店になっているので、そこを見る。これがバルトニー橋。一七七四年完成で、百十四本のイオニア式の柱が優美。ノラはエレガンスと言っていたけど、本当にその美しさに圧倒された。

あまり高いものは食べられないし、お腹もそんなに空いていないので、町のレストランでアップルパイとカプチーノ。思ったよりずっと安かった。食べ終わってから久美、トン、とし子さんに絵ハガキを書く。

それからローマ浴場と博物館に行く。西暦六五年頃ローマ人がこの地に神殿と浴場を建設したことからこの町の歴史は始まっているらしい。ローマ浴場はすごいよ。一千年も昔に敷いた銅版からは、いまだに水漏れがしないそうだ。ローマ人って優秀だったんだね。

オーディオガイドを無料で貸してくれて、日本語もあったので、もちろん日本語を選んだ。さすがにツアー客はいなかったけど、日本人観光客もけっこう来ていた。

外に出ると晴れているのに雨降り。駅まで歩いていく途中、虹が二重にかかっていて、とても綺麗だった。二重の虹は珍しいね。なんだかとても幸せな気持ちになった。町の見知らぬ人に、「あれ見て、美しいよね！」と言いたくなったよ。駅に着いてプラットホームからもまだ見えていた。

帰りの電車は混んでいたけど、なんとか窓側に座れた。車窓から見える雲が綺麗で、だんだんと夕暮れていく。あんなに綺麗な雲は久しぶりに見た。はじめちゃんにも見せたいくらい。今日は行くときに苦労したので、神様がご褒美をくれたのかな。虹といい雲といい、こういうのを見るとなんだかとても幸せで、何かいいことがありそうな豊かな気持ちになれるよね。

家に着いたのは八時。ノラが夕食を作っててくれた。行くときはいろいろたいへんだったけど、とてもいい一日だった。

## 十月十四日　土曜日

午前中にノラが「一緒にスーパーに行く？」と誘ってくれたので一緒に出かけたら、途中、九十歳で一人暮らしのおばあさんの家に寄り、三人で行くことになった。そのおばあさんは素敵な帽子をかぶりネックレスをして、とても元気でお洒落な人だった。買い物を済ませてスーパーの中にある喫茶店でカップ・オブ・ティーをした。おばあさんがとても良く喋って、ノラがときどき説明してくれるものの、もっぱら聞き役の私は得意の「わかった振り」をしていたら、「私の言うことわかる？」だって。そういう質問はしないでちょうだい！

イギリスは高齢者が一人で暮らしている例が多い。ボランティアの制度が発達しているからかな？　帰り家まで送っていって中に入ったら、家の中はきちんと整頓されていて、庭にもきれいに花が植えてあった。自分の生活をエンジョイしているように見えたけど、精神的にも強い人なんだろう。

午後はノラがイギリスの有名なデザイナー「ウイリアムモリス」のギャラリーに連れて行ってくれた。あの柄は日本人にも人気があり、ハロッズでも袋にしている。私は特別好きではないけれど、なかなか素敵だなあと思うものもある。

そこを見てから、近くに、エリザベス一世が使っていたハンティングロッジがあるというので、そこへも連れていってくれた。建物は古い大きい黒い木と白い壁でできていて、どこか日本の城に似ている。見物中にノラが話しかけた女性はきちんとした言葉で対応していたらしく、後でノラがＮｉｃｅだかＧｏｏｄだかの人だと言っていた。

この前マーティンも言っていたけど、イギリス人は話し方で相手の教養、人間性をはかるそうだ。

夜はデニスとノラがアイリッシュのパブに連れていってくれた。二人は普通の日のアイリッシュパブを見せたかったらしいが、この夜はチャリティーショーの日で大勢の人が集まり煙草の煙、歌、ダンス、人々の話し声でものすごい喧噪だった。

今日は午前、午後、夜とそれぞれ違った経験ができてとても楽しい一日だった。

## 十月十五日　日曜日

今朝は八時過ぎまで寝ていた。起きて下に降りていくと、デニスが一人で太いソーセージとベーコンとジャガイモを炒めて自分の朝食を作っていた。私は、昨日ノラが焼いた干しブドウ入りのアイリッシュパンがとても美味しかったので、それと洋ナシ、ヨーグルト、コーヒーの朝食。

教会に行って、その帰りにノラとデニスとファーマーマーケットに行った。大きな農場の一角に、これまた大きな建物があり、その中で野菜、果物、ジャム、お菓子、トイレットペーパーなどを売っている。ジャム類は特に安い。そこでジャガイモを一俵……とは言わないだろうけど、とにかくそのくらい大きな袋で買う。キャベツ、人参、果物、卵なども買い込んだ。

ノラが「私はアイルランドで新鮮な物を食べて育ったので、そうでないものは嫌なの」だって。本当にそうだよ。友だちも羨ましがっていたけど、うちの庭で採れたトウモロコシ、キャベツ、タマネギ、インゲン、ジャガイモ、どれも夕食のテーブルに上がるけど本当においしいよ。

そこから少し行ったところに大きな湖があり、周りは公園。湖を見渡せるところにレストランがあり、私たち三人はそこでカプチーノをいただいた。暖かいし、のんびりしていて気持ちがよかった。

飲み終わってから三人で湖を一周する。ノラが歩こうって言い出したときは、えっ、と思ったけど、ぶらぶら歩くのもたまにはいい。デニスとノラはとてもいい生活をしているね。ときどき旅行をしてパブにも行って、こうして散歩もして……。私の場合は働いているから毎日忙しくて、旅行も短い期間しかできないし。でも将来はノラとデニスのような生活をしたいなあ、という話をした。

犬を連れている人がけっこう多くて、中には川を上手に泳いでいる犬もいた。ガチョウもたくさんいて、人間がパンを投げる方向にガアガアと一斉に集まる。最後にヨタヨタ歩いていくガチョウを見て、「あれがデニスだ」と言ったらノラが大笑い。それをデニスに言って、また三人で大笑いした。

夕食のとき、デニスとノラはジャガイモをフォークに刺してナイフでとても上手にむく。私は手に持ってむくので、デニスがフォークで刺してごらんと言うからやってみたが、二つとも失敗。デニスは綺麗にむいたジャガイモを私の方に差し出して「イェー！」だって。

昨日今日と、とてもよい日を過ごせた。寝る前にデニスとノラにお礼を言ったら、「ノブがいい時間を過ごせたなら、私たちも嬉しいよ」って。デニス、ノラ、ありがとう。

## 十月二十二日　日曜日

午前中、ロンドンに来たはじめちゃんに見せるために料理学校へ行く。

ホテルに戻ってからノラの家へ。二人とも最大級のもてなしをしてくれた。ダイニングでティーとノラの焼いたブドウパン。

そのあと、私たちは公園とイルフォードのショッピングセンターへ行く。戻ってダイニングでディナー。その前に、はじめちゃんとデニスはリビングでアイリッシュウイスキーを飲んでいた。

ディナーはターキー、ボイルしたミックス野菜と芽キャベツ、クリスマスプディング、ポテト、ワイン。ターキーの中に入れて焼いたポテトとハーブとオニオンを混ぜた物も美味しかった。デニスとノラははじめちゃんにクリスマスにロンドンに来るようにと言ったけど、休暇が取れないので今回の渡英になった。それで二人がクリスマスと同じメニューの正式ディナーにしてくれたのだ。

食事を終えてリビングでテレビ。孫のニーヴも来ていたので、とても面白かったし、楽しかった。はじめちゃんのことを二人ともとても気に入ってくれた。よかった。

## 十月二十四日　火曜日

オステンドに行く。チャリングクロスより七時の列車。朝食は駅で買ったパンとジュース。ドーバーの駅から無料バスで船着き場へ。私たちは予約をしていないのでウェイティング。窓口の年配のオバサンに、シニア割引はないかと聞いてみると、あいにくそれはないけど、とてもいいものを見つけたとのこと。片道大人二十八ポンドのところを二人で往復十九ポンド。これ一体どういうこと？　信じられなかった。呼ばれるのを待つあいだ、カプチーノをいただく。

　船は満員。はじめちゃんはドーバーの白い壁を見られて喜んでいた。私も前からドーバーを船で渡ってみたかったので感激した。約二時間の船旅。素晴らしかった。

　オステンドの町は、船と列車が一緒のめずらしい駅。駅のすぐ前の一階がレストランで、その上にあるホテルを取る。四十五ポンド。狭い部屋だったけどトイレとシャワーとツインベッドがあり、夜は窓からライトアップされた駅舎と広場が見えて、とても綺麗だった。

　オステンドの町は、ゆっくりと散策すると魅力的な町だった。ヨットハーバーがあり、商店街もいい。ブルージュは観光客向けだけど、ここは地元の人が利用する商店街。そこで私の冬用のコートを買う。中が模造の毛皮だけどリバーシブルにもなって、なかなか洒落たデザイン。少し大きいと思ったMサイズが、冬なので下にブレザーも着れてもちょうどいい。

感じのいい店でディナー。スパゲティが食べたくてパスタのある店にした。クリーム味でチーズがたくさんのっている。トマトサラダもけっこうな量で美味しかった。ビールを二杯づついただく。私は修道院ビールを飲みたかったけど普通のだった。

あまり期待していなかったけど、オステンドはとてもいい町だった。こじんまりしているので町中を歩けるし、それに綺麗だった。

帰りは海岸を歩いてホテルに戻る。夏ではないので観光客も少なく、町も落ち着いていた。

## 十月二十五日　水曜日

駅に行ったらなんと悪天候のため、船がキャンセル。みんなを大型バスに乗せ、フランスのカレーに運んだ。ここからドーバー海峡を渡る。思いがけずフランスに来られたが、着いたらカレーも天候がよくなかった。カプチーノを買い、ホテルから持ってきたパンを食べる。天候はなかなか回復せず、結局二時間待ってやっと船が出た。風が強く、波が高く、とても揺れた。はじめちゃんが言うには、三、四度危ないと思ったときがあったそうだ。

ドーバーのパスポートコントロールではＥＵ加入国とothersに分かれるが、千人以上いた乗客のうちothersは私たちの他に二人しかいなかった。このとき私は六カ月ビザを延長できるかどうかの瀬戸際にいて、そのために帰りの航空券、残高証明書、入学許可書を持参していた。ここに来たのは、ドーバー海峡を船で渡りたかったのもあるが、うまくいけば六カ月滞在が延びるかもしれないという考えからだった。「どれくらい滞在するの？」「来年の三月に帰る」で、何の書類も見ず六カ月延びた。よかった。もうなんの手続きもせずに来年の三月までいられる。すべてうまくいった。おまけにフランスのカレーへも行けたし、料金も二人リターンで十八ポンドだった。コートも安くていいのが買えた。

とても楽しい旅だった。

## 十月二十六日　木曜日

朝ははじめちゃんとゆっくり食事。天気がいいのでリトルベニスのカナルボートに乗ろうとカムデンに行ったら、今は土曜日と日曜日しかやっていないとのこと。でも船は昨日乗ったから、諦めてカナルの遊歩道を二人でゆっくり歩く。天気はいいし、秋の景色がとても綺麗だった。

リトルベニスの手前にあるカナル橋の上に建っているカフェで、カプチーノをゆっくりいただく。

それからチューブでトッテナムコートのプラザに行き、私が前から食べたいと思っていた、野菜の煮たのをかけた焼ソバを食べる。一皿三・五ポンド。高いのでいつも食べるのをやめていたものだ。

たいしたことないだろうと思っていたけど、けっこう美味しかった。

いったんホテルに戻り、一休みしてロンドンアイに出かける。待たなければならないようだったら乗らないと決めて行ったのだが、着いてみてビックリ。もう夕方に近くて風も冷たいのにすごい行列。それでロンドンアイには乗らずにリバークルーズにする。シニア割引と学生割引にしてくれた。これも楽しかった。少々寒かったけど……。夕食はワインを買ってホテルで。

楽しい一週間だった。はじめちゃん。いろいろとありがとう。

## 十月二十七日　金曜日

はじめちゃんが帰る。ヒースローまで見送りに行った。

帰りにマーティンの予約をしてあったが、そんな気にはなれないのと眠いのとで、電話でキャンセルしてまっすぐ家に。帰るとノラが喜んでくれた。ベルギーのチョコレートを渡し、ランチを作ってくれていたので、二人で食べながらこの一週間の話をする。犬も私が帰ってきたので大喜び。眠いので夕食まで少し眠る。

夕食後、テレビを見てからノラとデニスが出かける。一緒に行かないかと誘われたけど、会いに行くのが親類の人なので断る。自分の部屋に戻ったら、なんだか寂しくて、思わず涙がこぼれた。はじめちゃんがくれた黒アメが五つあったので一つなめ、残りは泣きたいことがあったときになめることにした。あと四つ。そんなことがないようにしたい。久美のやさしい手紙とトンちゃんの面白い手紙とを読んだら元気がでた。

## 十月二十八日　土曜日

ユミコとアフタヌーンティー。彼女にベルギーのチョコと、はじめちゃんのくれたフィルムを渡す。足長おじさんからの誕生日プレゼントだと言うと、彼女はすごく喜んだ。

ピカデリーからバスでザ・ウォルドーフ・メリディアンホテルに行く。二人ともいい洋服がないので普段着の中から一番いいのを着ていったけど、ディナーと違い、他の人たちもそんなにいい服を着ていなかったので安心した。

私、紅茶の勉強をしたときにティーダンスというのを初めて知った。ダンサーが踊るのをティーを飲みながら見るのだとばかり思っていたけど、それは間違いで、客が踊るのだった。オーケストラの演奏に合わせて一階のフロアで客が踊る。一階の奥の方にもテーブルはあるけど、私たちは二階の中央で一階が見下ろせるいい席だった。シャンパン、好みのティー（ユミコはアッサムで私はダージリン）、サンドウィッチ、スコーン、ケーキを用意してくれる。ティーはもちろんだけど、サンドウィッチもスコーンもしっとりとしていて柔らかく、ケーキも四、五種類あり、どれも美味しかった。

明日はユミコの誕生日なので、今日は私が彼女を招待。彼女は私の大事な友人。教室では私の隣に座り、いろいろ教えてくれたり、はげましてくれたから私は今まで頑張れたと思っている。

とても豪華で楽しいひとときだった。ただ、帰りにユミコが風邪をひいたみたいで心配。明日までに治ればいいけど。

## 十一月十二日　日曜日

天気がクッキリと分かれていて、玄関の方は青空なのに、庭の方は曇って今にも雨が降りそう。少し迷ったけど、昨日は一日中家にいて、すごく落ち込んだので、今日は雨に降られてもいいやと思い、キューガーデンに行くことにした。

このガーデンはすごく広く、庭に温室が点在している。この温室には世界中の植物が集められて、熱帯植物がたくさんあったり、とにかくすごいの一言。階段を上がると、上から植物を見下ろしながらぐるっと回れるようになっている。学割で入って安くなった分、絵ハガキを買った。絵ハガキに載っていたような花は、今はもうない。木々が黄色や茶色になって落ち葉も多く、すっかり秋深しという景色だった。

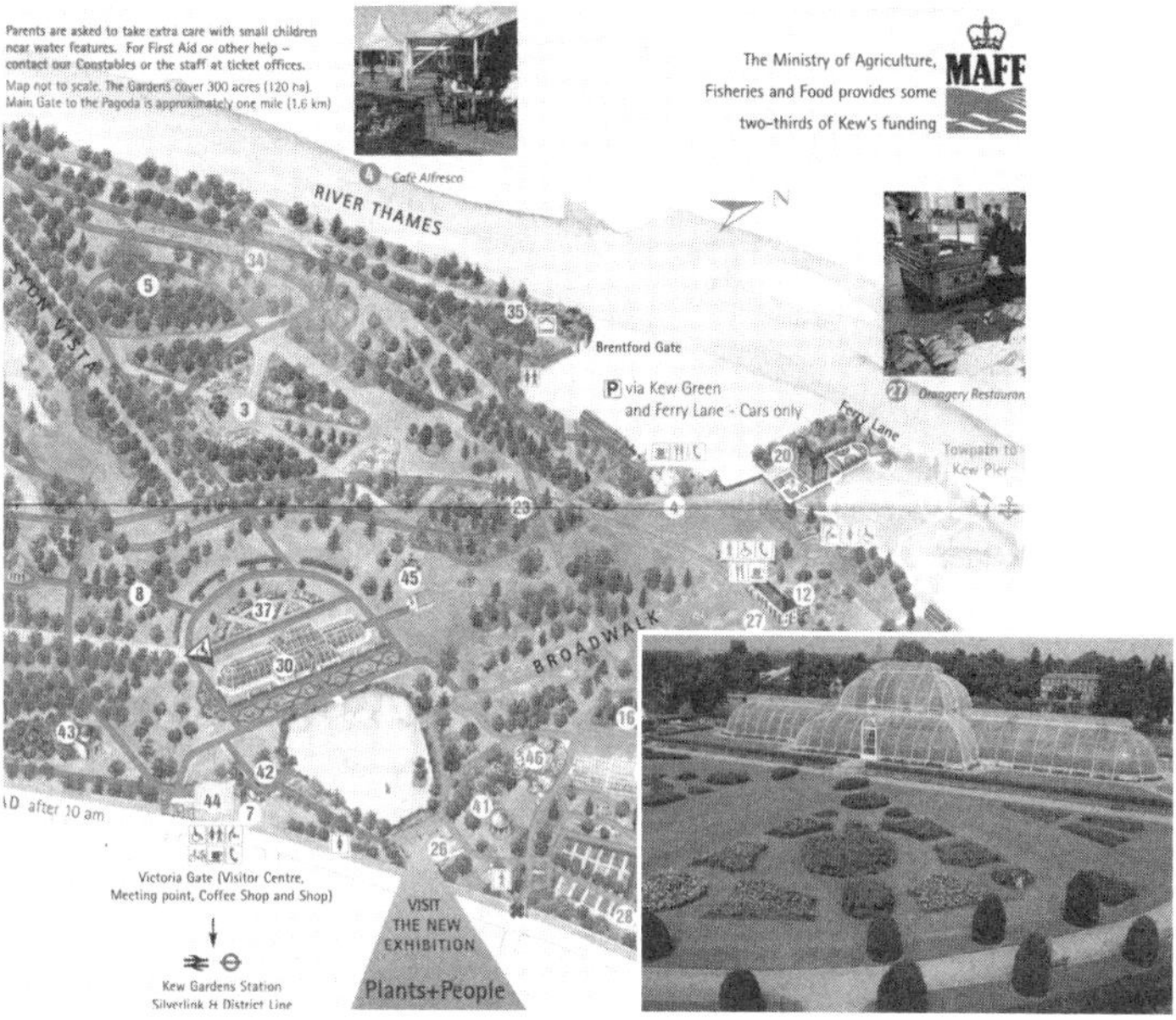


外に出ると気分がよく、暖かい場所のベンチでパンとリンゴのお昼。気分もさっぱりして、ロンドンの秋を満喫した一日になった。

家に帰ると、ノラから聞いていたロシアの女性がもう来ていて、その人と挨拶する。彼女の名前はJulia。ロシア読みだと違うそうだけど、英語読みだとジュリアになるんだって。

ジュリアは現在サンクトペテルブルグに住んでいる。ものすごく喋るオバサンで、話し出すと止まらない。わかるところもわからないところもあるけど、とても気のいいオバサンで、すぐに打ち解けた。年は私くらいかなと思っていたら、なんと三十八歳。あちこちに電話をかけまくり、早口で英語とロシア語をまくし立てている。ロシアで英語の教師とツーリストガイドの仕事をしていて、今回はガイドとしてロンドンに来たんだって。これから二週間滞在するというので楽しみだわ。

## 十一月二十五日　土曜日

さすがのジュリアもロシアへ帰るので今朝は早く起きてバタバタしている。私が朝食を食べながら洗濯していると、ノラの娘が女の子三人を連れてやって来た。末っ子のニーヴは可愛いし、上の二人も美人だ。

そのうちにヘレンも現れた。ジュリアを送っていくので会社の上司に頼んだらOKが出たとのこと。十時半、デニスがジュリアとヘレンを車に乗せてマナハウスまで送っていった。あそこからはピカデリーライン一本でヒースローまで行けるから。ジュリアはひとつ二十キロもあるバックを三個も抱え、名残惜しげに帰っていった。私もキョーコとの約束があるので、十二時近くに家を出た。

例の本屋にはたくさんの人がいたけど、端の方が空いていたのでそこに座る。今日は前から食べたかった大きなボールのスープとフランスパンのセット。高いだろうなと思ったら三・二五ポンドだったので、思いきってそれにした。次回はスコーンを食べてみよう。でも一つ二ポンドもする。高い、でも美味しそう……。

二時間ほど話していたら、お店も混んできたので、キョーコに写真を撮ってもらって店を出る。ここの写真はぜひ撮りたかった。この場所が好きで、しょっちゅう来ていたから。

キョーコにウォータールーの駅のそばにあるロイヤルフェスティバルホールに連れていってもらう。彼女、新しいワンツーワンの先生と、そこのカフェで授業するんだって。広いカフェが何カ所かにあって、前にテムズ川が流れている。勉強するにはいい場所だね。お喋りしているとき、ふと外を見ると、ビックベンやその他の建物、テムズ川の川べりがライトアップされて、とても綺麗だった。

キョーコも一生懸命自分の道を探しているから、つい私も応援したくなる。彼女は日本人の友だちがいないので、「ノブさんに会うと、とても励まされる」と言ってくれた。私も彼女と会っていると楽しいし、励まされるもの。二人とも水泳で、ある日突然息継ぎができるようになったという経験がある。それと同じで、いつになったら霧が晴れて、英語が上達したということがわかるんだろうね、という話をした。もしかしたら太陽はすぐ近くにあるのかもしれない……。それでも前進はしているのよ。最初喋れなかったのが、今は自分で言えるようになったんだからね、となぐさめ合う。

キョーコといるのは楽しいので、一緒に夕飯を食べてから帰ろうかなと思ったけど、やっぱり食べずに帰ることにした。家に着くと、思った通りノラとデニスは私を待っていてくれて、三人でパブに行って夕食を食べた。私には適当に作った物でも残しておいてくれればいいのに、ちゃんと待っていてくれる。ありがたいことだ。料理を食べながら、「今夜は静かだね」と言って三人で笑った。今頃ジュリアはくしゃみをしているだろうね。

## 十二月二十九日　水曜日

昨日はマーティンの誕生日だったので、今日のお昼は二人で食事をした。マーティンのお薦めの店で、マーティンは赤ワイン、私は白ワイン。もちろん私のおごりだけど、高くなかったよ。二人でグラスワインを一杯ずつ飲んで、料理とパン、それにカプチーノを飲んで二十ポンド。

私が日本人でマーティンがドイツ人。日本人とドイツ人がイギリスのレストランで食事をしている。そこにいる可愛いウェイトレスの女の子はスウェーデン人だって。私とマーティンが笑いながら喋っているのを見たら、きっと私は英語がペラペラだと思われるね。いろいろと話をしたけど、彼は面白いよ。マーティンはドイツ語と英語と日本語を話せるでしょ。日本人の恋人がいるんだけど、二人で話すときは英語だって。彼は日本に住みたいけど、彼女はヨーロッパに住みたいんだって。「マーティンは考えるときは何語で考える?」と聞いたら、昔は書くのも考えるのもドイツ語だったけど、今は両方とも英語だって。

それにキョーコが英語の先生を探しているという話をした。「キョーコは美人だよ」と言ったら、まだ生徒になると決まったわけでもないのに喜んでいた。今度の金曜日、私の授業のあとに会わせることにした。

終わってまっすぐ帰ろうとしたけど、喉が乾いていたのと、今日はなんだかいい気分なので、イルフォードのチョコレート屋さんのソフトクリームをダブルで食べようと思って、バスに乗って出かけていった。でも、十二月二十七日まで休みなんだって……。そうだよね、チョコレートの方が忙しい時期だもの。せっかく行ったのにガックリ。仕方なく違う店でソフトクリームを食べた。

そうそう。ノラは今五十八歳なんだけど、結婚四十年目って言っていた。そのときはすごく長いなと思ったけど、よく考えたら十八歳で結婚したことになる。今夜それを聞いてみたら、やっぱりそうだって。家が近所だったし、デニスがとても素敵だったからと言っていた。ご馳走様！「Thank you very much!」と言って二階に上がってきたよ。まあ、四十年もたつのにすごく仲がいいよ。

## 十一月三十日　木曜日

十一月も終わり。今日は料理学校の日で、ネギとジャガイモと豆のスープがけっこう美味しかった。それに今日のケーキは、大きいスポンジの台に桃の缶詰めと木イチゴを飾り付け、インスタントのソースをかけて冷蔵庫で冷やすだけの簡単なもの。この教室ではすごい量の砂糖、油、バター、ニンニクなどを使うから、作っているときは食べたくないけど、食べてみるとけっこう美味しい。私も自分の味覚がイギリス人並になっていくんじゃないかと心配だ。

先生がケーキは飾り付けを綺麗にするようにと言ったようで、おばあさんたちが一斉に「ノブが得意だから、ノブに頼もう」みたいなことを言って、私の方を注目した。私も誉められて嬉しかったので、さっそく作業に取りかかった。スポンジケーキの真ん中に小さい桃の切れ端を丸くバラのように配置して、外側二列に大きい桃のスライスを飾る。そしてその間に木イチゴを埋めると、とても見栄えがして、先生もみんなも誉めてくれた。私はこういうのが得意だからね。

帰りにセントジャイルスの隣にあるアメリカンエクスプレスに寄って、トラベラーズチェックを換金する。二人の日本人の女の子が隣の窓口で換金していて、日本語で「パスポートは見せるの?」とか話していた。「チェンジしてください」「あ、この裏にもサインを」「はい。パスポートを見せましょうか?」「全部で六百五十ポンドですね」……こんなの英会話の初歩だけど、慣れてくると言葉がスムーズに出てくる。私も来たばかりの頃、日本人が窓口や店先でスムーズにやり取りしていると、私もあんなふうにできるようになるのかな、と思ったもの。

家に帰ると、ティーを飲みながらノラとこれからのことを話した。まず私の下手な英語ではノラに理解してもらえるか心配なので、私の先生（マーティン）にこれを書いてもらったと言って、相談事を書いた紙を見せた。

一つ目は、私の三月の帰国までこの家にいていいか、ということ。ノラはメモを読むと「もちろん。ノブがいなくなったら寂しいし、ノブはいい人だから帰るまでずっといていいよ」と言ってくれた。次にホームステイの料金が今と同じでいいか、ということ。これも、もちろんOKだった。最後に私のこれからについて。ノラは、フラワーアレンジメントの仕事や老人ホームの手伝い、それにオックスファムで働くことも賛成してくれた。オックスファムは寄付された洋服などを安く売るショップで、マーティンがそういうお店があるのを教えてくれた。もちろんボランティアなので給料は出ないけど、スタッフやお客さんとも会話する機会が増えるので、ノラもそれはよい考えだと言っていた。すべては無理かもしれないけど、どれかひとつでも実現したい。でも、スタートは来年かな？ 私も十五日までは学校なので、それからクリスマスが間に入る二週間くらいは休みたいし……。

私はロンドンに来たとき、とにかく自分でやってみようと思うことはダメもとでやってみようと思っていた。やらずに後悔することだけはやめようと思ったのだ。そう思って今までやってきたんだけど、最近すごく楽しくなってきた。マーティンもノラも助けてくれそうだし、とにかくこれでまた、私の新しい道が開けそうだ。

## 十二月一日　金曜日

今日のレッスンでは、マーティンにベネズエラのメアリーに渡す手紙を見てもらった。

授業が終わったあと、マーティンにキョーコを会わせることになっていたので、二人が面接している間、私は隣の部屋で待たせてもらった。二人とも相性がいいみたいで、話も弾んでいた。途中、マーティンに電話があったとき、彼女にどうするか聞いてみた。断りづらかったら私から断わるし、もし生徒になるなら曜日と時間を決めていけば、と言うと、「うん、生徒になる」だって。彼女はマーティンが気に入ったようだった。マーティンも彼女が生徒になると聞き、「ワー、ウレシイ！」と日本語で喜んでいた。彼女は金曜日の私の授業のあとに教わることになったので、これからは毎週会えるわけだ。

キョーコとは知り合って間もないけど、いい友人になれた。好奇心があり、なんでも自分から積極的に取り組んでいる。今の学校はサマースクールがよかったので通っていたけど、合わないとわかると、さっさと自分に合う勉強方法を探してきた。彼女が前から望んでいた帽子制作の学校も見つかり、来年の一月からスタートするというし、英語に関しては、すでに英作文は別の先生から習っていて、英会話も来週からマーティンに教わろうとしている。それに小物制作の勉強も始めていて、新しいフラットに移ったので今度はミシンを買いたいと言っていた。

週に三回和食の店でアルバイトをして、苦労しながらもひとつひとつ自分のやりたいこと、自分に合う場所を探しているから偉いと思う。彼女は、私に会うと励まされると言っているけど、私の方だって彼女に励まされているんだよ。

## 十二月三日　日曜日

今日はとっても楽しい日だった。

朝、教会へ行ってからノラが、「ノブ海を見に行こう」と言い、デニスと三人で車で一時間半くらいの「Southend on Sea」というところへ連れていってくれた。

そこは海岸に大人も子供も遊べる遊園地があって、そこから鉄筋の橋脚で支えられた木道が二マイル先まで海上に伸びていて、その終点まで小さな汽車も走っている。私たちはゆっくりと歩いて魚料理を食べさせるレストランに入った。そこはTVにも出て有名なところらしくいつも混んでいるんだって。

「ここの魚はこの海で取ったものだからとても新鮮なのよ」とノラが言って注文したイギリス料理のフィッシュアンドチップスは、魚が大皿の上に乗り切れなくて尻尾が皿の外に出ていた。白身のさっぱりした魚でフライと言っても天ぷらみたい、カリッと揚がっていて熱々でとても美味しかった。ノラに「日本ではとても美味しいとほっぺが落ちる」と言うんだよと教えたら面白いと笑っていた。

木道を歩いたときは風が強くて寒かった。町中に戻りデニスは車の中で一休み、私とノラは町中のウインドーショッピング。三時半頃になったらもうトワイライトという感じで、海に夕日が沈んでいくのが絵はがきみたいだった。

少し車で走りパブに入った。町のクリスマスのイルミネーションがとても美しいのと、海の上の木道にも電気がついてすごくきれい。デニスとノラはその風景を私に見せたくてパブに入って時間調整してくれたみたい。

ノラに「ノブ今日は私たちとここに来て楽しかった？」と聞かれたので、最大級の喜びを伝えた。

とても嬉しく素晴らしい楽しい一日だった。ありがとうデニス、ありがとうノラ。

## 十二月五日　火曜日

今、もう夜中の一時だから六日になっている。今夜は教会主催のクリスマスディナー、教会の例の地下で行うのかと思ったら、近所のゴルフクラブの会館だった。

デニスも今夜はパリッときめている。ノラも茶と黒のブラウスに黒のベルベットのスカート、素敵な金のネックレスをしていた。私はというと、昨日買った水色のセーター、同じく昨日買ったスカーフ、その上にスーツを着て久しぶりにイヤリングをつけて化粧もした。ナント美しいこと！　我ながらホレボレしたね！　ノラに「これでいい？」と聞いたら「Ｏｈ　ｎｉｃｅ！」、デニスに「これでどう？」と聞いたら「Ｇｏｏｄ！」だって。

会場に着いたら十人ずつ座る大きな丸いテーブルにつき、各自が前もって頼んであったコースで食事が始まった。会場は無論、テーブルの上も綺麗にクリスマスの飾り付けがされていて、バンドもクリスマスソングを演奏している。出席者は若い人も年配の人もみんなとてもステキな服装、それも洒落ていて赤、緑のクリスマスカラーを着ていた。イヤリングやベルトが電気でピカピカ光る派手なのをつけている人もいた。

私たち三人の隣はジョン夫妻で、私は今夜初めてジョンの奥さんに会った。太っているけど色白の美人で優しい人だった。私には易しい英語でゆっくりと話してくれたのでだいたいわかった。だから質問にもボロを出さずぬ済んだ。ヘッヘッへ、最近「わかった振り」が上手くなったネ。

食事のあとはみんなでダンス、私はもう十年も踊っていないので最初は断っていたけど、見ていたらステップが易しそうなので、デニスが何回目かに誘ってくれたとき踊ってみたら踊れた。それからはずいぶん踊ったよ！　ジョンとも踊った。ノラとデニスはダンスが好きで上手で、いつも楽しそうに踊るので見ていたらこちらまで楽しくなる。

二人とも私に気を遣って「ノブ楽しんでいる?」と聞いてくれた。本当に私もみんなの中にとけ込んで楽しんだ。ときどきみんなが一緒に輪になって踊るときも知らない人の間に入って踊っちゃった。こういうときはのらないとつまらないもの。

本当に今夜は楽しかった。「この国でクリスマスの思い出はこれ一つあればいい！」と思ったくらい。家に帰ってノラに「今夜はとても楽しかった、ありがとう」と言ったら抱きしめてくれた。

## 十二月九日　土曜日

十一時頃にノラが「コーヒーを飲みに出かけようよ」と言うので、近くまで散歩に行くのかなと思い、化粧もせずに出かけたら、ジョン（近所に住むノラの友人）の家でチャリティのクリスマスパーティーが開かれていた。こういう近所同士でティーと簡単な軽食やケーキを持ち寄って開くローカルパーティーは、イギリスはよく行われているらしい。

ジョンの家には、おじいさんやおばあさん、それにソーシャルワーカーの人たちが集まって、ケーキや食べ物を売ったり、くじ引きなんかもやっていた。

ジョンの奥さんはケーキ作りが上手だというので、私も奥さん手作りのお菓子を食べてみたけど、とても美味しかったのでいくつもいただいてしまった。頭では食べ過ぎるなと命令するけど、お昼の十一時を過ぎると、お腹と目が「食べたい！」と言って命令を聞かないのだ……。

知らない人でも私に挨拶してくれて、何人かの人とは話をした。帰り道にノラが「英会話の勉強になったでしょう」と言って笑っていた。

午後になると急に眠くなったので、昼寝でもしようとベッドに入ったら、かえって目が覚めてしまった。だから、起きてイルフォードに出かけることにした。

キョーコのクリスマスプレゼント用に、サンタのすごく可愛い鍋つかみを一ポンドで買った（普段は一・九九ポンドが今日に限ってこの値段）。それからセロテープや髪をとめるピンなどを買い、今日のパーティーもノラにお金を払ってもらったので、お返しにショッピングセンターのチョコレート屋さんで彼女の好きなミントチョコを一箱買った。そこでお金を払っていたら、偶然前をベネズエラのメアリーが通りかかったので、思わず「メアリー！　メアリー！」と呼んだら、彼女も気づいて二人で抱き合った。私がユミコに預けた手紙を読んでくれていて、彼女も私宛の手紙をユミコに預けているそうだ。メアリーは十五日に学校が終わったら十七日にはベネズエラに帰り、クリスマスは家族と過ごすと言っていた。でも、本当に今日会えてよかった。ベネズエラに帰ったらもう会えないかもしれないからね。

帰宅すると平賀さんから数枚のクリスマスカードが届いていた。私へのカードはブルーの地にグリーンのツリーが七本描いてあり、外枠とツリーの飾りが銀色にキラキラ光るとても素敵なカード。それになんて書いてあったと思う？

「イギリスで楽しんで頑張っている貴女　クリスマスのようにキラキラ輝いていますよ！　これからの人生も輝き続けるように祈っています」

私も輝いて生きていきたいと思う。でも輝いていられるかな？　日本に帰ってからも……。

# 十二月十四日　木曜日

カテリーナ先生の最後の授業なので学校へ行った。いつもの教室には誰もいないので受付へ行ってみると、クラスメイトが数人集まっている。まもなくカテリーナが現れると、そこにいる人だけに修了証書を渡した。今まで授業に出ていたのに今週は来ない人が多く、最終的に八人しか集まらなかった。それに今日は来ると思っていたロザンナも姿を見せなかった。彼女からは住所と電話番号を聞くつもりだったのに……。

今日は二時間授業をして、それからソーホーに行くものだと思っていたけど、授業はせずにそのまま出かけた。カテリーナに引率されてソーホーの町を歩き、最後にケーキが美味しいという店に入った。みんなはカプチーノ、先生はハーブティーを注文し、お茶を飲んだらそこで解散となった。でも、今日来た人たちとだけでも一緒にお茶ができてよかった。

朝から晴れていたけどとても寒いので、用心して早く帰ることにする。

夜、キョーコから電話があった。彼女はこの学校を途中でやめてしまったけど、明日二人で修了祝いをすることにした。明日はもう誰も学校へ行かないんじゃないかな。私も修了証書がどうなるか心配だったけど、今日もらっちゃったからね。明日は所ジョージ似の先生なのでロザンナも来ないだろうから、私も行かない。キョーコと昼から夜にかけてお祝いをしようと思っている。

今度の学校も無事に終わり、修了証書もいただいた。すべてはじめちゃんの温かいご協力、適切なご指導のお陰。そしてはげましてくれた子供たち、友だちのお陰、本当にありがとうございました!

## 十二月十八日　月曜日

月曜の朝、ノラはいつもどこかへ出かける。誰かがベルを鳴らすので、そうしたら封筒に入っているお金を渡すようにノラに言われた。相手がどういう人かわからなかったので不安だったけど、ベルが鳴ったので出てみると、それはクリスマスの帽子をかぶったゴミ収集のオジサンだった。今日は月に一度の集金に来たとのこと。ロンドンでは燃えるゴミも燃えないゴミもみんな一緒に黒い袋に入れて出す。でもゴミの収集は月曜日だけだから、それまでゴミ袋がたくさんたまっている。

ノラが帰ってきたので十時半頃に家を出た。平賀さんが送ってくれた日本のクリスマスカードとアーチウェイ駅前のケーキ屋で買ったケーキを持ってエリザベスの家に行った。でも、あいにく本人は不在だったので、ステイしている男性に、エリザベスにと言ってカードとケーキを渡してきた。

その後、ピカデリーに行き、クリスマスプレゼントを買った。デニスには紺に黄色の模様の入ったネクタイ、デスモンドには靴下二足を買った。ノラにはバッグと決めていたので、リージェントストリートのお店に行って、濃紺の素敵なバッグを七十五ポンドで購入した。本当は七十九ポンドなんだけど、女店員の彼氏が日本人ということでまけてくれた。「ありがとうございま～す」なんて上手に日本語を話していた。

帰宅するとノラがティーを入れてくれて、それを飲み終わると、料理とオーブンの掃除を手伝った。今夜の料理は、ハムの塊をボイルしたものに芽キャベツと人参を煮たもので、私の大好物。人参やジャガイモの皮をむいたり洗ったりするのを手伝って一段落していると、デニスが帰宅した。

三人揃ったので夕食を食べているとき、私の食事の量が少ないので、デニスが「寒い時期にはせっせと食べて栄養をつけないとダメだよ」と言う。で、今日はポテトを二つも食べたけど、また最近太ってきたのではないかと思う……。

食べ終わって三人でテレビを見ていると、デニスがティーを入れに台所に向かったので、私がやるよと言って代わった。デニスは仕事で疲れているのに、よくみんなのためにティーを入れてくれる。

今日はまだ勉強が残っているのでと言って、二人にティーとキョーコからもらったビスケットを渡して自分の部屋に戻った。

するとエリザベスからケーキとクリスマスカードのお礼の電話がきた。クリスマスはこっちの家で過ごすと言ったら、ではクリスマス後にでもいらっしゃいと誘ってくれた。エリザベスの家にも近いうちに遊びに行こう。今日はとても充実した一日だった。

## 十二月二十二日　金曜日

今日も素晴らしい一日だった。まずキョーコとピカデリーで待ち合わせして、そこから徒歩十分くらいのバーリントンのアーケードに連れていった。道の両側に高級店が並んで、ときどき私も目の保養に来ていたけど、彼女は今回が初めて。宝石にしてもバッグにしても最高品質でデザインも洒落たものばかり。イギリス人はあまりファッションに興味がない国民かと思っていたけど、こういうところに来ると、やはりイギリス人はおしゃれで、いいものを知っていることがわかる。

ウインドーショッピングをしたあとは、ティーやクッキー、ジャムなどで有名なフォートナム&メーソンという店に行って、昼食用のパンとフルーツ入りのクロワッサン、クッキー、それにノラへのおみやげ用のチョコを買った。昼食はあと回しにして、セントマーティン教会でピアノのコンサートを聴いた。選曲も演奏も素晴らしく、一時間があっという間で、まったく飽きさせなかった。

コンサートのあと、ウォータールーにあるホールで先ほど買ったパンやクッキーを食べて、キョー

コの家族の話などをした。彼女と話していると楽しくて、いつも帰りが遅くなる。四時に彼女と別れて五時に帰宅する。

今朝、ノラから今夜はパーティーがあることを聞いていて、彼女が一緒に行く？　と聞いたので、私は「もちろん行くわよ」と答えた。デニスが家に戻ってこないので彼はどうするのか聞いたら、今夜は女性だけのパーティーらしい。ノラの知り合いの夫婦が来たので、シェリー酒を少し飲んで歓談し、七時半には夫婦に駅まで車で送ってもらい、チューブでパーティー会場のイタリアンの店に着く。

パーティーに来た人は、十年前にノラが勤めていたロンドンにあるアメリカの会社の同僚たちで、飛び入りの私も歓迎してくれた。メンバーは八十七歳のおばあさん、ノラと同い年で五十八歳のおばさま、それに四十代後半の女性が三人で、みんな美人。ときどき私にも「学校で勉強しているの？」「日本酒は好き？」「子供はいるの？」

などと簡単な質問をしてきたので、なんとか答えた。私の年齢を教えたらビックリしてたっけ。日本とちがって関係ないのが、一人飛び入り参加をしてもイギリス人は全然平気で、すぐにうちとけられるのだ。

食事はノラと同じチキンとアスパラのクリームソースのパスタを食べたけど、量が多すぎて半分しか食べられなかった。あのノラでさえ少し残していたほどだ。ワインは赤と白をそれぞれ飲んで、デザートのアイスクリームもとても美味しかった。食後にカプチーノが出た。

最後にクリスマスプレゼントの交換があった。私はプレゼントのことを聞いていなかったけど、ノラが私のために高価なミントチョコを用意してくれていて、私からと言って出してくれた。ノラはそれとは別に自分用のワインを用意していた。くじ引きで私は黒の化粧バッグが当たった。ちょうど前から小さなバッグがほしかったので、とてもラッキーだった。今日は本当に楽しかったな。ノラにお礼を言うと、「たまには他の人と話すのも勉強になっていいでしょ」と言っていた。

家に帰ると十二時半。デニスがいつものように「楽しんできた？」と聞くので、とても楽しい時間を過ごしてきたことを伝えた。ノラありがとう！

## 十二月二十三日　土曜日

午前中としこさんに電話、ハンカチとキンチャクを送ってくれたお礼を言った。彼女は私の声が聞けたのでクリスマスプレゼントだと言って喜んでくれた。

家に帰って、ここ何日か考えて胃が痛くなりそうだったフラワーアレンジメントのことをまた考えた。せっかく日本で勉強してきたのだから、クリスマス用のダイニングテーブルに飾るのを作ろうかどうか迷っている。全然イメージがわかずよいのが作れなかったらかえってマイナスだしネ。

でも、決心して昼頃からトッテナムのマーケットストールの花屋に出かけた。実際に花を見てもイメージが何も浮かばなかったけど、クリスマス用なので赤と緑を基調にしようと思った。

まず中心に一つ咲いて二つ蕾を持っているカサブランカ、赤のバラは高いのでチューリップにして、ピンクのバラと白のカーネーション、それに葉物を少々買った。チューブの中でも「これでうまくまとまるかな？」「花が少ないかな？」などと考えて不安だった。

器はバスルームに飾ってある陶器の深い大皿を借りて台所で作りはじめた。手に鋏を持ったら度胸

がついて、それからは一心不乱に作った。先生が見ればアレコレと欠点だらけだと思うけど、私にしてはよくできたと思う。

ダイニングのテーブルに飾ったら、ノラがカメラでパチリ、私も記念に一枚撮った。今夜はアイリッシュコーヒーを作ってもらって飲んだ。美味しくて暖まる。作り方は簡単なので日本に帰っても作ってみようと思った。

## 十二月二十四日　日曜日

朝から雨が降り続いてとても寒い。八時半に起きて、朝食をとったあとに少し勉強してから三人で教会に行く。家に帰ってから、また二人が出かけたので、その間に髪を染めた。最近は面倒でそのままにしていたけど、明日はクリスマスだからね。

二人が帰ってきて昼食。サーモンのペーストをパンに塗って食べたのだけど、とても美味しかった。デニスは、パンにはバターが一番だと言って、他のものは一切付けない。食べ終わると、デニスはまた外に出ていったので、私はズボンのアイロンがけをした。一本はルルの家にいたときに買った黒いズボン。しばらくの間、このズボンばかりはいていた。スチーム式ではないので、線がよく付かないのだけど、日本にいるわけではないのだから、まあこれでよしとした。

アイロンがけが終わってテレビを見ていたら、ノラの娘さんが子供たち（男の子と女の子）を連れてきた。私は勘違いしていて、この娘さんが一番上かと思っていたら、ノラには長男（ティム）、長女（クリスティーヌ）、二女（クレア）、二男（デスモンド）の四人の子供がいて、今日来たのは下の娘さんだった。彼女はとても美人で夫は中国人だという。ノラは娘さんに私の作ったフラワーアレンジメントを見せていた。やはり思い切って作ってよかった。

家族だけの方がいいだろうと思って、私は自室に戻って勉強していた。勉強が一段落して下に降りると、ちょうど娘さんたちが帰宅するところだった。デニスに、「ノブは人が来るとすぐに部屋に戻ってしまうけど。いろんな人たちと話すことも勉強なんだよ」と言われた。私は気を遣ったつもりだったけど、この家は、お客が来ると必ず私を紹介して一緒に食事もする。ノラやデニスが「ノブも家族だよ」と言ってくれる。私の友人たちはお客が来ると自分の部屋へ引っ込んでしまうという。

夕食を三人で食べ終えた頃に、ノラの友人一家がやって来た。さっきデニスにも言われればかりなので、私も話に加わった。そしてその一家が帰ったのと入れ替わりに、今度は隣の黒人の一家が訪れた。みんな感じのいい人で、私もときどき玄関先で会うとお互いに挨拶をする。夫婦の下の一歳の女の子が眠くなってぐずるので、私が両手を出して「おいで」と言うと、すぐによちよちやって来て、私に抱っこされていた。そういえば、ノラがこの一家にも私のフラワーアレンジメントを見せていた。ノラはよほど気に入ってくれたみたいだ。

彼らが帰宅したあと、ノラが明日のために七面鳥をオーブンで焼いていた。デニスもジャガイモの皮をむいたり、タマネギをみじん切りにしていたけど、みじん切りはちょっと難しかったみたいで私も手伝うことにした。三人で忙しく立ち働いて、終わったときはどっと疲れが出た。

今まで長期も短期も入れて、たくさんの人がこの家にホームステイしたらしいけど、台所の手伝いをしてくれた人はノブだけだとデニスが言っていた。来年のクリスマスには、「そういえば去年はノブと一緒にクリスマスの準備をしたんだと思い出して、寂しくなるだろうな」とノラが言ってくれた。

## 十二月二十五日　月曜日

はじめちゃん、メリークリスマス！　七時半に起きると身支度をして、ノラ、デニス、デスモンドの部屋のドアノブにクリスマスプレゼントをかけておいた。リビングでコーヒーを飲みながらテレビを見ていると、八時にノラとデニスが降りてきた。ノラはレースの襟の白いブラウスに黒のカーディガンを羽織り、下も黒のスカート。それに、ノラは私が送ったバッグをとても喜んでくれた。デニスは、なんと私のプレゼントしたネクタイを締めてきて、なかなか似合っていた。普段は服装にかまわないけど、正装してダブルのオーバーなんか着ると、なかなか素敵だ。

八時半になって教会に行くと、キリストが馬小屋で誕生したときのミニチュアとクリスマスツリーが飾ってあった。特別なセレモニーがあるかと思ったけど、今日は人が少なく、賛美歌も歌わない。

家に帰ってみんなで朝食。食べ終わると、リージェントパークで行われたパヴァロッティのコンサートビデオを見た。途中で長男のティムとニーヴの一家がやって来たので、みんなでシェリー酒を飲みながらパヴァロッティの歌を聴いた。

ニーヴはおむつをしているくせにワインレッドの半袖ワンピースなんか着込んでいる。上の二人のお姉ちゃんも美人で、お母さんの服のセンスのよさが表れている。ノラの娘の夫もなかなかハンサムな男性だった。

一時からクリスマスランチ。シャンパンを開けるとクラッカーが鳴った。ポートワインを飲んだりターキーや他の料理を食べたりしていると、いつの間にかお腹がいっぱいになった。

そのあと、クリスマスプレゼントの交換をする。ノラたちには今朝渡してしまったので、ニーヴには押すとキュッキュッと鳴るスノーマンの人形を、二人のお姉ちゃんにはチョコを詰めたバッグをあげて、みんな喜んでくれた。ただ、ノラが犬にもプレゼントをあげたのだが、それもキュッキュッと鳴る人形で、ニーヴにあげたスノーマンが実は犬用なのがバレないかと、冷や冷やしたよ。ニーヴがキュッキュッと鳴らすと、犬たちが喜ぶんだもの……（ニーヴのは私が犬用のおもちゃとは知らずに買ってきた）。

私はデニスとノラから料理の本とジャガイモつぶし、デスモンドからは本、長男のティムからはチョコレート、ニーヴのお母さんから（娘たち三人の名前で）本とスカーフをいただいた。

私はニーヴのお母さんへとし子さんから送ってもらったハンカチを一枚あげた。

もらったプレゼントを持って自分の部屋に戻ると、少し頭痛がしたので薬を飲んで横になった。気がつくと六時になっていたので、顔を洗ってまた下に降りた。

デニスは娘さん（ニーヴのお母さん）に自分のネクタイを指して、ノブからのプレゼントだと言って自慢していたし、ノラもとても素敵なバッグをもらったと話していた。そのうちにティムが帰り、九時過ぎには娘夫婦も帰宅した。

デスモンドも他のパーティーに行くというので、デニスとノラが車で送っていったのだけど、この夫婦はちょっと近所まで行くのにも必ず一緒で、本当に仲がいい。二人が帰ってきて、みんなでティーを飲んでいたとき、ノラが「ああ、明日は誰も来ないから一日のんびりできる」とつぶやいた。

ロンドンのクリスマスが終わった。私もノラやデニス一家とこの国最大のイベントのクリスマスを一緒に過ごせてとても幸せだった。
※クリスマスツリーなどの飾りはどこの家も来年の一月六日くらいまで飾っておくそうだ。

## 十二月二十八日　木曜日

今朝、外がやけに明るいので、カーテンを開けるとビックリ。なんと昨夜のうちに雪が降ったようで、外一面真っ白に積もっていた。朝日が出てきたときはキラキラ輝いて本当に綺麗だ。

八時に起きて朝食。九時過ぎにノラたちも起きてきたので、彼女に断ってカヨコに電話をして、今日の待ち合わせを一時間遅らせてもらった。というのも、夕べからずっと考えていたのだけど、九時半に開店する近所のオックスファムに行くことを決めたからだ。元旦から十日まで休業なので、どうしても今週中に話を決めなければいけない。

それで雪の中をオックスファムに出かけた。外は晴れ渡っていたので、思ったより寒くない。行く道々、話す内容を考えていた。

店に到着するとすでに客がいたので、レジが一段落するのを見計らって、そこにいる年輩の女性に話しかけた。「私の名前はノブ・イイダで日本から来ました。四月から英語の勉強のために英会話学校に入学し、十二月に終了しました。まだ英語は上手ではないのですが、たくさんの人と話したいので、この店でボランティアで働かせていただけませんか……」というような話をすると、「わかったわ。出身国や英語が話せる話せないは関係ないの。他のスタッフもあなたのお手伝いができるし、お客さんとも話すことができるわ」と言ってくれた。そして申込書を渡されて、土曜日に持ってくるように言われた。名前を聞くとクリス・トンプキンスさんだって（その店のマネージャーだった）。

家に帰ってノラにあとで申込書の書き方を教えてもらえるように頼んだ。一時間くらい勉強してから、カヨコと待ち合わせのトッテナムに向かった。

カヨコと会って、せっかくだからセントポール大寺院の頂上から雪景色のロンドンを一望しようということになった。学割で五ポンドを払って上ったのだけど、頂上に着いて周りを見渡すと、想像に反して雪は屋根の上に少し残っているだけでがっかり。町中の雪はみんな融けていた。

それからウォータールーのホールに行って遅いランチを食べて、そこで四時過ぎまで喋っていた。それと彼女に遅いクリスマスプレゼントで、化粧ブラシとサンタクロースの鍋つかみをあげたら、とても喜んでいた。

家に帰ってから、カヨコがノラたちに会いたがっていることを伝えたら、いつでも連れておいでと言ってくれたので、来年になったら招待しよう。夕食のとき、カヨコが「ノブさんは二人の娘みたいだ」と言っていたことを話すと、デニスが「ノブはボクのセカンドワイフだ」と言ったので三人で大笑いした。

## 十二月三十一日　日曜日

今年も今日で終わり。今年はいろいろとあった。いろいろと……。三月に職場をやめ、四月からロンドンで生活を送っているなんて不思議な気がする。今、こうしていられるのも、ひとえにはじめちゃんや子供たちや友人たちのお陰だ。たいへんだった時期、苦しい時期もあったが、学校に二つも通い、修了証書ももらった。はじめちゃんたちにあらためてお礼を言いたい。本当にありがとうございました。しかしながら肝心の英語が上達しないのがとてもくやしい。

朝からノラ、デニスと教会へ。ワインやお供え物を神父様のところまで運ぶ役の人がいなかったので、ノラがワインを、私が皿を持って神父様に届けた。ドキドキしたけど、教会の手伝いができて嬉しかった。ノラ達は私が一緒に教会に行くことを喜んでくれて、さらに手伝いまでしたことで「ノブ、貴女は立派なここの住民よ」と言ってくれた。

帰り道に八十四歳の元船員だったおじいさんの家に寄る。テラスドハウスの大きな家に一人で住んでいて、しかもこの寒い中、家の中とはいえランニングシャツに短パンで、本当に元気がいい。それにしても、家の中は物が多いこと多いこと。一人暮らしで足も悪いのだから、もっと物を減らして部屋の空間を広く使えばいいのに……。三十分くらいお話をしてから家に帰る。

昼食後、ノラに「最近デスモンドに会ってないよ」と言っているところへちょうどデスモンドが久しぶりに帰って来た。噂をすれば影だね。

ノラ、デスモンド、私の三人でワインを飲んでいる間に、デニスが台所でディナーの用意をしてくれる。メインメニューはステーキで、付け合わせのタマネギが甘くて美味しかった。

食後はリビングでテレビを見ていると、ノラたちが花火を見に行くという。今日は風が強くて雨が降っているよと言うと、車の中から見るとのこと。それでノラ、デニスと私の三人で、車で花火の会場の公園まで行ってみると、案の定天気が悪くてものすごく寒い。やっぱり引き返そうということになってホッとしたら、駅前のパブに寄ることになった。

パブの中は音楽が鳴り響いて、若い人たちが飲んだり踊ったりしている。デニスも調子に乗ってビールを四杯も飲むし、ノラも二杯。よくそんなにビールを飲めるもんだと感心した。そして私がトイレに立って戻ってきたとき、それまで踊っていた若い女の子が私の手を取ったので、私もつられて踊っちゃった。私が踊っているのが嬉しいのか、そのうちにノラとデニスも踊り始めて、私も一回だけデニスと踊った。

このパブのママさんはノラたちの知り合いで、いつもニコニコして感じのいい人だけど、今日は黒の下着のようなブラウスに黒のロングブーツ、ミニのタイトスカートと、すごい格好をしてカウンターの中で踊っていた。私がデニスにも聞こえるように「ノラ、私たちも次はあんな格好をしないとね」と言うと、ノラが「よし、明日二人で買いに行こう！」。するとデニスが「Oh! No!」と頭を抱えるので、三人で大笑いだった。

十二時近くになると、パブの店員がみんなにクラッカーを配って、十二時に一斉にバンバン鳴らした。そして近くの人たちと「Happy New Year !」と言ってお互いに抱き合い、ほほにキスをし合うの。とても楽しかったよ。私も楽しくてノッちゃったよ。

十二時十分くらいにパブを出ると、外では雨風の中、花火が上がっていた。

家に帰り、しばらく花火を眺めたあと四人でシャンパンを飲んだ。ハッピーニューイヤーと言ってそれから自室に戻って、もう二時。

# 第三章 素晴らしきファイナル

## 一月一日　月曜日

あけましておめでとうございます。今年も私とはじめちゃんにとって良い年でありますように。

九時に起床。朝食を食べ終わったときに、寝ているとばかり思っていたノラとデニスの二人が帰ってきた。ドライブに行ってきたようで、夕べは眠れなかったのかな。デニスにこれから教会に行こうと誘われたけど、友だちとコンサートに行く約束をしていることを話して、今回は断らせてもらった。

今日は元旦なので、お化粧をして一張羅のスーツを着込んで家を出た。待ち合わせのピカデリーに行ってキョーコに会うと、「ノブさん、綺麗ですね」と言うから「私、本当は綺麗なのよ」と答えた。今日は元旦だしね。

ピカデリーの本屋の七階にあるバーでワインでも飲もうということになったけど、さすがに元日は休みなので、仕方なくマクドナルドで昼食をとり、そろそろセントマーティン教会に行こうとしたとき、町中をパレードが通った。ブラスバンドの人たちや民族衣装でバグパイプを吹く子供たちの行進を見ながら、教会まで歩いた。

コンサートの演目はパイプオルガン。パイプオルガンの演奏を聞くのは今回で二度目だけど、元日から教会でこういう演奏を聴くのもいいものだ。現代風の曲も織り交ぜて、とても素晴らしい演奏だった。そのあとで教会の下にある洒落たつくりのレストランに行ってみると、思いの外に料金が安い。ビュッフェ形式なので、スープ、スフレ、おすすめ料理、ワインを選んで昼食にした。

キョーコが日本から送られてきたおかきとクッキーをお裾分けしてくれて、とても美味しかった。私からは彼女がイギリスのクリスマスのクラッカーを知らないと言うので、家から持ってきてあげた。あとオックスファムで働くことになったことを教えた。彼女も週三日は和食の店でアルバイトをしているので、私の決心を喜んでくれた。

キョーコと話していると時間がすぐに過ぎてしまう。今日も気がつくと四時を過ぎていて、今夜のディナーに誰かがやって来ることを思い出したので、そこで別れることにした。

五時頃に帰宅すると、すでに夕食は終わっていて、みんなダイニングで話をしていた。女性二人と男性二人、それに長男のティムが来ていた。ノラがみんなに私を紹介すると、一斉に早口で質問が飛んできて、いったい誰にどういった返事をすればいいのかわからなくなってしまった。ノラが「質問の意味がわかった？」と聞くので、「全然わからない。でも、聞くのも勉強のうちだから」と答えると、みんな笑っていた。

お客さんや長男のティムが帰り、三人でお茶を飲んでいるとき、デニスが二回も「何か食べなさい」と心配してくれた。今日はお昼が遅かったので、あまりお腹が空いていないことを伝えたけど、こうやってデニスやノラが私を家族同然に接してくれるのはとてもありがたいしうれしい。私がロンドンの生活を楽しんでいられるのもこの人たちのお陰だもの。本当によい人たちに巡り会えてよかった。

今年もよい年にしたいなあ。

## 一月三日　水曜日

はじめちゃん！　私働いて来たよ。オックスファムで。最後の方は疲れたけど、面白かったよ十一時から三時までの四時間、ずっと立ちっぱなしだったので腰が痛い。運動不足もたたっているのかな。

それほどお客さんは来ないと思っていたら、切れ目なく現れて、一度に二、三人が来店しているときもあった。せっかくショーウインドウから取り出して見せても、買って行かない人もいるし、そうかと思うと、こんなひどいものをと思うような品物を黒いビニールの袋に入れてまるでゴミを出すように持って来る人もいる。価格が安い反面、置物や飾り物には壊れていたり欠損しているものもあるけれど、そんなことを気にしないで買っていく。

さて、私はといえば、レジの打ち方は思ったより簡単だったけど、それよりお釣りを渡すときが緊張する。一ポンドの下二桁の計算が面倒で、特にクリスマスカードなんかは全部半額になるのだけど(来年用に買っていく人がいる)、元の値段が二・四九ポンドとかピッタリ半額にならないものはレジを打つ人の判断に任せられているので、私は他の人に代わってもらうことにした。

いろいろとお客さんが言うことは、だいたいわかることが多いけど、全然わからないこともある。そんなときは他のスタッフに対応を代わってもらうので、まあなんとかやっていけるだろう。

最初店に行ったとき、コートを掛ける場所や荷物置き場、それにレジの打ち方も教えてくれたのがマネージャーのクリス。それに一時過ぎまで一緒に働いていた年配のオリビアおばあさんは物静かな

やさしい人で、「お昼はどうしますか?」と聞いたら、台所で紅茶をいれて、それとビスケットを店に持ってきて、客との対応の合間に飲んだり食べたりした。日本では客の前で店員が飲んだり食べたりするなんて考えられないよ。ノブという名前が覚えやすいので、みんなすぐに覚えてくれたようだ。

そうするうちに三時になったのでクリスのところに行くと、今日一日どうだったか尋ねられたので、「面白かった!」と答えると、クリスはとても喜んで「いろんな人と会話をすることになるから、あなたにとって勉強になると思うわよ」と言ってくれた。毎週(火)(水)の十一時から三時まで働くことになった。

帰宅後、ティーを飲みながらデニスやノラにオックスファムで働いてきたことを話し、一段落ついたところで私に届いていた手紙を読む。田中の久美チャンからの手紙で、彼女の娘たちのことや職場のことが書いてあった。

それと以前彼女から来た手紙に「ノブちゃんは悠々と

空を飛んでいる鳥、私は地上をはいずり回っている鳥。ノブちゃんが羨ましい……」と書いてあったので、私は「空を飛んでいる鳥はもう疲れ果てて、地上にいる鳥を羨ましいと思っているかもしれない。空を飛んでいる鳥ばかりが幸せなわけではないし、飛ぶことはできないが、地上にいてもちゃんと生きている鳥もいる……あなたは飛べない白鳥です。いつまでも美しい！」というような返事を書いた。

そのときの返事に勇気づけられたようで、今回の手紙には「ノブちゃんの手紙は弱っていた心に、乾いていた心にとって慈雨のようなものでした」と記されていた。ときとして言葉は、人を生かしもするし、殺しもするものですね。

## 一月六日　土曜日

デスモンドがガールフレンドとその両親、友人たちと飛行機でオランダに行った。ノラはこともなげに、「コーチを使えばオランダなんて安く行けるのよ」と言う。そういう話を聞くと、日本と同じ島国なのにイギリスはいいなあと思う。

今日はキョーコと会う日。冷蔵庫の中にクリスマスプディングが入っていたのを思い出して、彼女はクリスマスプディングなんて食べたことがないと言っていたので、ノラにわけを話して彼女にあげてよいかと聞くと、持って行きなさいと言ってくれた（彼女に渡したらすごく喜んだ。一度どんなものか食べてみたかったって）。

ピカデリーで待ち合わせして、ＨＩＳ（旅行社）のある場所まで連れていく。彼女が今度トルコへ旅行に行くことになっているので、イスタンブール行きの飛行機を調べてもらうと、ブリティッシュエアラインが百五十ポンドで、そのほかに空港利用税が三十ポンドかかると言っていた。彼女がマーティンにお願いしてインターネットでも調べてもらっているので、その結果を待ってから決めることにした。

最近彼女に渡した塩野七生の本を気に入ってくれたみたいで、旅行の前に読んでみるって。私も日本にいるとき電車の中でよく読んでいたけど、面白くて電車を乗り越しそうになったことがある。スルタン二世のセリフで「あの街を私にください」という場面などは本当にゾクゾクしたよ。

彼女の家の大家さんが私たちに和食をごちそうしてくれるというので、待ち合わせの和食屋に向かった。大家さんはお年寄りかと思っていたら、まだ若くて、二十四歳でロンドンに出てきて、それから二十四年たったという。自宅を含めて四軒のフラットを所有していて、本職は切手商、奥さんはポーランド人でデザイナーだという。彼は鹿児島出身で、冬の寒い時期は鹿児島に住もうと思って昨年帰ったけど、周囲とも友人とも話が合わなくて、やはりイギリスに永住することに決めたようだ。また、切手商も最初の頃は偽物をつかまされて、ものすごく高い授業料を払わされたらしいけど、今ではロンドンでも名が知れてるほどだという。

また、ロンドンの不動産事情についてもお話を伺った。家を売り買いするときは売り手が売値の一%を不動産屋に払えばいいだけで、買う方は特に手数料を払う必要はないらしい。それに土地付きのテラスドハウスでも都心を少し離れれば千五百〜二千万円くらいで手に入るそうだ。日本じゃ考えられないね。

ご馳走になったのは天ぷら定食で、日本人の板さんが料理してくれるだけあって美味しかった。六ポンドとは思えないほどの味と量で、隣で若い子が食べていたカレーもサラダもすごい量だった。

大家さんと別れてから、ウォータールーのホールでいろいろお喋りした。キョーコは念願だった帽子制作の学校に来週から行くことになった。「ノブさん学校決めました」と一言で言うけれど、それまではつたない英語を必死の思いで使い、学校へ出かけ自分で決めることがどれだけ大変なことか、自分の経験からすごくよくわかるので、ほめてあげた。彼女の前向きなところが、私は大好きだ。説明は英語だし、クラスメイトもイギリス人だから、英語の勉強にもなるんじゃないかな。

家に帰ると八時半。キョーコの大家さんから和食をご馳走になったことをノラに話した。でも「私はノラの料理が一番好きだよ」と言うと、すかさずノラが「ポテトズ」と返したので大笑いした。今日は私にとってグッドデイでした。

## 一月十一日　木曜日

料理教室が今日から再スタート。朝から寒い風が吹きすさぶ中を駅へと向かう。ワンデイチケットは九時半にならないと使えないので、仕方なく自動販売機で買うと片道二・七ポンド、往復で五・四ポンドもかかった。学校はトッテナムで乗り換えてウォーレンストリートから徒歩五分の場所。

十時頃に学校に着くと、先生とおじいさんの二人しかいなかった。先生はものすごいおデブちゃんだけどセンスはよくて、私が和風のカードに日本語で「新年おめでとうございます」、その下に「A Happy New Year」と書いて渡すと、思った以上に喜んでくれた。

そのうちに生徒が集まってきたのだけど、今日からおばあさん一人、黒人の女性一人、イギリス人の若い女性二人の計四人が入ったので、全員で十二名になった。私はおばあさんと組んで、鶏肉とタマネギとマッシュルームのスープを作った。他にも、アップルパイ、フルーツケーキ、フルーツサラダ、グリーンピース入りのサフランライス、アイスクリームと新年用の豪華なメニューが並んだ。最近、ここで作るすご〜く甘いケーキを美味しいと感じるようになった自分が恐い……。

私はノラのために鶏肉のスープとアップルパイを持ち帰った。とても寒かったけれど、お腹もいっぱいだし、運動不足で腰が痛いので、トッテナムまで歩いて行くことにした。

寄り道をしないで三時頃に帰宅すると、家には誰もいない。長男ティムの車はあるけれど、うちの車がないので、おそらく三人でどこかに出かけているのだろう。雑用を済ませて、ミルクティーでくつろぎながらナカ子からの手紙を読んだ。彼女とは二〜三年前、二人でロンドンに遊びにきた。あの時も楽しかったけど、今ならもっと楽しい場所に案内できるだろう。他にエリザベスの家にいた久実子さんと増宮さんから手紙が来ていて、久実子さんは帰国後ダンス用のドレスデザイナーとして働いているようでホッとした。増宮さんはシルバー大学の方も卒論を提出して、二月の終了式を待つばかりらしい。増宮さんは常に新しいものに興味を持って取り組むので、本当に頭が下がり尊敬している。

六時頃に三人が帰ってきたけど、長男のティムはすぐに自宅に戻った。夕食のときにノラから聞いたのだけど、今日はどなたかの葬式だったようだ。イギリスも日本と同じように、昔は自宅で葬儀をやったようだが、今はホールで行うという。アイルランドでは、葬式の前夜に故人の家に集まって生前を偲び、翌日の昼間に葬式だが、火葬ではなく土葬にするらしい。

最近は話そうと思ったことは後延ばしにしないで、単語を知らなくてもその場で話すようにしている。この方が英会話の勉強にもなる。

今夜もデニスがティーを入れようと席を立つので、「私が代わるよ」と声をかけた。するとノラが「今は女性が働かない時間なのよ」と言って笑うので、デニスに任せることにした。三人でゆっくりと飲むこのティーがとても美味しい。特に、こういう寒い夜は。そしてこの時間がとても大切。

## 一月十四日　日曜日

朝、教会へ行ってきた。河原さんは、私がクリスチャンに改宗したと思ったようで、心配して手紙を書いてきた。そんなことはありませんよ。この家の二人が毎週教会に行かなければ私だって行かなかっただろうけど、この家にステイしているのだから、家の人たちが行くところにはできるだけ行ってみようと思っている。それがこの家に――ロンドン、イギリスに住むことだと考えているから。教会に通うことで、私の英語の勉強にプラスになることがあるだろうし、実際、教会の催しに参加したことで、とても楽しませてもらっている。

それに礼拝の時間は、自分の一週間の出来事を振り返るのにちょうどいい区切りの時間にもなっている。毎週約三十分、神様それもキリストという個人ではなく、もっと大きな神の存在に祈ることで、自分の一週間の行動を反省し、これからの一週間のやるべきことを考える。

夕食のときに白ワインを開けて三人で飲んだ。デニスは今日の午後に友人とパブで飲んできているのでよく喋る。デニスは他に缶ビールを二本用意していて、ワインで乾杯したときに「メリークリスマス！」と言うので、私がえっ？という顔をしたら、ノラが「デニスの飲むときの口実よ」と言って片目をつぶった。私がデニスの飲もうとしている二本のビール缶を指して、「こっちがメリークリスマスで、こっちはハッピーニューイヤー」と言ったらデニスもノラも大笑い。デニスが大喜びして「ノブのことが大好きだよ」と言って拍手した。

## 一月十六日　火曜日

十時にオックスファムに行く。午後はノラと一緒に千代さんの家に行くことになっているので、今日は一時半に早退させてもらえるようにパットばあさんと火曜日の責任者のオバサンに申し出る。

ここはどんなガラクタでも売れてしまうので、いつもたくさんのお客さんが来る。今日は普通にお金を持っていそうなオバサンが来て、息子の結婚祝にあげるのだと言ってティーポットを探していた。そのオバサンはティーポットのために最近毎日オックスファムを訪れているらしい。普通のお店で買えばいいのにと思った。お店にもティーポットが二つあり、ひとつは底にヒビがあって、もうひとつは注ぎ口が欠けている。オバサンもさすがにそれはどちらも買わなかった。

一時半にオックスファムを出て奈美（長女）に電話したが、彼女も元気に生きているらしくて安心した。それから急いで帰宅して、ノラと千代さんの家に出かけた。ノラは火曜と木曜にアルツハイマー症の千代さんという日本人女性の面倒を見に行っている。以前、千代さんの友人から手紙が届いたとき、千代さんのイギリス人のご主人は日本語が読めないので、ノラから頼まれて私がその手紙を訳したことがあった。その友人の手紙には、千代さんの病状が心配でいても立ってもいられない彼女の様子が書かれていた。ノラに、誰かがその友人に返事を出すのか聞いたら、たぶん出さないだろうと言うので、今回もしご主人が許してくれるなら、一度千代さん本人とお会いしたいとノラに伝えて、今日連れていってもらうことになっていた。

ノラの家から徒歩十分くらいのところに千代さんの自宅はあり、ノラがお手伝いに行く日はご主人は仕事で留守にしている。彼女は小柄で細い方で、両手両足に痙攣がある。私が日本語で話しかけてもよくわからないようだが、ノラの問いかけには反応する。千代さんは日本人だけど英語を話したときの方が長いので英語の方がわかるのだろう。ノラが手拍子をとって「ハッピーバースデイ」の歌を歌うととても喜んで、本人も手拍子をとる仕草をする。私も「千代さん」と声をかけるとニコニコしていた。

ノラがアイロンがけをしているときは、台所に座らせて、アイロンをかけながら千代さんに話しかける。庭を見せたり背や肩をマッサージしてあげるときもずっとだ。そんなノラの姿に、私は「ノラ、あなたは本当に親切で素晴らしい人ね……」と思わず感激してしまった。

千代さんもノラが大好きみたいで、嬉しそうにしていた。一時間ぐらいしてから私だけ一人で帰ることにした。見知らぬ人がいつまでもいると、千代さんも疲れるだろうから。でも二人のあの姿には涙が出そうだった。千代さんの友人が撮った若い頃の千代さんの写真を見たけど、とても可愛かった。お父さんの仕事で香港にいたらしいけど、そのあとはロンドンの一流企業に勤めていたらしい。

家に帰ると、とし子さんと久美から手紙が届いていて、とし子さんはチリメンの小袋を四つも送ってくれていた。千代さんの友人にも手紙を書いた。千代さんのことを知るのはつらいかもしれないけど、本当のことをわかっていた方がいいのではないかと思った。

ノラが帰ってきたときに、とし子さんが送ってくれた小袋をひとつあげて、もうひとつをユミコのホストマザー、イナにも渡してもらうことにした。「イナがノラを紹介してくれたので、私は今こうやって毎日を楽しく過ごしている。イナには心から感謝しているの」そう言ってノラに小袋を渡した。

夕食のとき、今日一日の話をして、「ノラは親切でやさしいね。私はノラを尊敬したよ」とデニスに言うと、彼、まんざらでもない顔をしていたよ。

## 一月二十日　土曜日

朝デニスが洗面所で、前のグラウンドにキツネがいると騒いでいる。ノラと二人で玄関に出たけど見あたらないので洗面所へ行ってみると、大きなキツネが二匹に小さいのが二匹いて、食べ物を探していた。狭い洗面所の窓から大人三人がひしめき合って「あれはファミリーじゃないか？」などと言いながら、いつまでも見ていた。

今日はニーヴの二人のお姉さんのアイリッシュダンス大会があるので連れていってもらう。昨日はランチを食べ終わってから出かけると言ってたのに、急に早まったらしく十時に出発する。雪景色の中を約一時間くらい車に乗って、町の施設がいくつか集まっているうちの体育館に到着した。

体育館の会場は三つに区切られていて、審査員が一人ずつ座っている。その中で三人の子が電子オルガンに合わせて約一分間の演技を披露していた。

間もなく二女のエレンが踊り始めたが、エレンは紺に刺繍が施された素敵な衣装を着ていて、お母さんのセンスのよさが表れていた。子供の衣装には親の趣味が出るので、中にはケバケバしい悪趣味な衣装を着て踊っている子もいた。ビロードのような生地に刺繍が入っているものだと六百ポンド、つまり十万円もするらしい。

二人の姉妹はカーリーヘアーに衣装と同じ色の髪飾りを付けて、パンティも衣装の色に合わせていた。二人とも金髪で髪の毛が長いから、それをカーリーにしたのかと思っていたら、ノラがカツラだよと教えてくれた。

アイリッシュダンスは手を使わない。両手を脇につけてバランスをとりながら踊るのが基本。なんだか自分の子供が踊るみたいでドキドキした。エレンがこっちを見たとき、「私がついているからしっかり踊るのよ」と胸の内でつぶやいて手を振った。演技の結果、彼女はメダルを二個もらった。

上のロシーンは体育館ではなく舞台で踊った。彼女はチャンピオンメダルをもらうほどの実力がある。今日は赤が基調の衣装を着ていた。地味な色の方が映えるのではないか思っていたけど、舞台の上で一人で踊るときは派手な色の方が引き立つらしい。

ロシーンはいつになくナーバスになっていて、踊る前にお母さんに何か言われたら涙ぐんでいた。彼女はエレンより神経が細い子なので、つい可哀想になって肩を抱いてしまった。演技を待つ間、ロシーンはとても不安そうにうつむき、エレンが順番待ちをしているときとは対照的だった。ロシーンの演技が始まると、さすがに上手だったけど、その前に演技した女の子はもっとメリハリがきいてタップの音も強弱がよく出ていた。当然拍手も多くて、終わってみるとその子が一番だった。前の彼女に比べると、ロシーンはすごく地味に見えてしまったのだ。彼女は残念ながらメダルをもらえなかった（その後の大会で彼女はチャンピオンのメダルを取った）。

ニーヴも一緒に来ていたけど、この子はきっと上の二人よりうまくなるかもしれない。体育館に着いたら、見物席で音楽のリズムに合わせて踊っていたし、終わるときちんとお辞儀をするの。会場で踊っている子と、スタートも終わりもピタっと合わせるんだよ、二歳の子が……。

ロシーンの演技が終わったところでデニス、ノラ、ニーヴ、私の四人は会場をあとにした。九時頃ニーヴのお母さんが迎えに来たら、彼女はまた置いていかれると困るという顔をして、さっさと自分でコートと襟巻きをしているから笑ってしまう。

彼女たちが帰ったあとは、いつものように、三人でカップ・オブ・ティーをした。

## 一月二十一日　日曜日

教会の帰り、農家がやっている店へ買物に寄った。ジャガイモはいつも大袋で買っているけど、今日買った人参だってものすごい量。それこそ何頭かの馬に食べさせるくらいの量で、それが三ポンドもしないで売っている。私の人参嫌いはこの家で言ってないから仕方なく食べているけど、この量を見てギャー!っと思ったよ……。

家に着くと、ノラと三人でカップ・オブ・ティー。ノラが小さなパンを買ってきたのでみんなでつまんだ。これがお昼だと思っていたら二時頃に「ノブ、ランチ!」の声。また三人でランチを食べた。

食べ終わるとノラが忙しそうに何か作り始めたので、「何をしてるの?」と聞くと、デスモンドが働いているワインバーでパーティーがあるから、そのための料理を作っているのだという。それなら私も手伝うよと言ってサンドウィッチを作った。私がせっかく綺麗に作っても、ノラの切り方がすごい雑。サンドウィッチが二種類で、パイとソーセージはオーブンで焼いた。

料理が終わったので、部屋で自分の用事を済ませていたら、四時半頃「ノブ、ディナー!」の声。何だ今日は?と思いながら降りていくと、長男のティムが来ていて、デスモンドも帰っていたので五人でダイニングで夕食。ティムが持ってきた洋梨のワインを飲んだがとても美味しかった。洋梨のワインだけでは足りず、デスモンドがイタリアンワインを抜く。洋梨のワインは甘口で、イタリアンワインが辛口なのでちょうどいい。

ティムが突然、「ノブは最近うまくいってる? 楽しんでる?」と聞いてきたので、「うん、毎日が楽しい」と答えた。ノラが「ノブは三月に帰るのよ」と教えると息子二人が、「三月? もうすぐだね」と言った。

ディナーが終わると、前の席に座っていたノラが片目をつぶって私に、「ノブ、五時半から教会に行くわよ」と言う。教会?こんな時間に?と思ったけど、ノラがウインクをしていたので教会ではないことがわかった。急いで支度をして、ノラの車に乗る。「私たちはどこへ行くの？」と聞いたら、ワインバーにさっき作った料理を持っていくんだって。

駅前なのですぐに着いて、二人で持ってきた料理を運ぶ。デニスと二人の息子もあとからやって来た。七時頃、小さいクラッカーがみんなに渡されたので鳴らした。デスモンドはみんなに好かれている様子で、ティムの方もみんなと楽しそうに話していた。

店が混んでくると、ウェイトレスの女の子たちが忙しそうにしているので、使用済みのグラスを端に寄せたり、長男がつまむピーナッツを取りやすいようにしていたら、デニスが「You have done good job!」と私のことを誉めてくれた。だから「私、来週からここで働くことにするよ」と冗談を言うと、ティムが「でも、ここは胸の開いた服を着るんだよ」と言うので、私は「ＯＫ！」と答えて、胸を持ち上げる仕草をしたら、みんな大笑いだった。「その代わり、来週からデスモンドがオックスファムで働いてね」と言うと、さらに受けた。

結局私は家でワインを二杯も飲んでいるのに、ここでも三杯飲んじゃった……。

長男とデニスは先に帰り、ノラと私は十時過ぎに車で帰った。最初、歩いて帰るのかと思ったら、ノラは車で帰ると言う。ノラは「ヤッ！」とか言って強引な運転をするので、途中何度もハラハラしたけど、無事家に着いたのでホッとした。よくよく聞いたらお店のパーティーではなく、デスモンドの誕生日をお店とお客さんが祝ってくれたんだって。私の英語力のなさで勘違いをしていた。きっとデスモンドはみんなに好かれているんだね。

## 一月二十六日　金曜日

夕べ寝ないで考えた。やはりもうひとつ何か挑戦してみよう、やろうと思えばまだ何かできると思った。

昨夜考えたことは、イギリス人の家でスコーン、パイ等のパン作りを教えてもらう代わりに、私がフラワーアレンジメントを教えるということ。お互いに授業料はタダで、材料費だけ教わる方が出すの。でも、この家を使うとなればノラやデニスに負担をかけることになるし、ノラに頼めば気を遣って、忙しい中自分も教わると言って時間を割くだろうし、とにかく今回は別の場所でやってみようと思う。もし相手の家を使っていいのなら、家から一時間以内であればどこにでも行くつもり。そうやって、ノラとデニスを中心とした友人、教会の知人、オックスファムの仲間、それともうひとつ自分にとって新しいエリアを見つけてみようと思う。

さっそくマーティンのフラットへ行って、その案内方法について相談することにした。マーティンに話すと、まずどこに案内を出すかという話になった。マーティンが言うには、パソコンでホームページを作ってそこに案内を出すのが一般的だけど、私には難しい。そこで、スーパーやショップの掲示板に案内のカードを貼るのはどうかと彼が提案したので、そうすることにした。

日本で作ったフラワーアレンジメントの写真で気に入っているものを一枚持ってきたので、マーティンに渡すと、それをもとにポストカードと同型の立派な案内カードを十二枚作ってくれた。掲示板はあまり大きくないので、これくらいがちょうどいい。他のは手書きだけど、これはカラー写真入りのパソコン印刷したものなので、とても目立つ。一人だけでもいいから、早く誰かこれを見て連絡してこないかな。

今回もマーティンに手伝ってもらい、あらためて彼は本当に親切だなと思った。これから何かをやろうとしている人に、彼はとても協力的。マーティンが東京へ来たら、私のできることは何でもするからねと約束をした。

マーティンのフラットの斜め前にある日本の食材を売っている店と、もう一軒近くにある店が無料で貼らしてくれるので、そこにお願いしたらいいと教えてくれた。しかし、この二軒は日本人しか来ないのでは？ と聞いたら、最近イギリス人の間でも日本食が人気があるのでけっこう買いに来るんだって。マーティンもどこかショップを探して貼ってくれるというので、一枚置いてきた。

帰りがけに、さっそくまず一軒寄ってみることにした。頼むとき、ドキドキして胃が痛くなりそうだったけど、入って話をしたらどうってことなかった。もう一軒の店員も日本人で、こちらも問題な

**FLOWER ARRANGEMENT!**
**EXCHANGE....BREAD MAKING**

Elderly Japanese lady looking
for friendly English person.
I would like to learn about
bread making. In Exchange I could
teach you aboout
flower arrangement.

**NOBU IIDA, TEL. 020-8554-6873**

かった。掲示板には日本語のメモがいっぱい貼ってあったので、私も一番目立つところに貼ってきた。
※翌日は一日中このカードを貼れるところを探してオーバーに言えば、ロンドン中を歩きまわった。疲れたよー！

## 一月三十日　火曜日

こんなに悪天候なのにオックスファムには大勢の客が来て、いろいろなものを持ってきたり商品を買ったりしている。あるオジサンは、家の中や庭に飾るために小さな陶器の動物とか人形をいくつも買っていった。日本人のオジサン連中はあまりそういうものに興味ないよね。それとインド人の若い奥さんがたくさんのものを持ってきたけど、今オックスファムではインドの大震災の義援金を募っているので、一緒に十ポンドを寄付していった。

午後、ジュンというオバサンが来た。このオバサンは火曜と水曜に来て、クリスの次のサブマネージャーのようなことをしている。このオバサンとはけっこう喋るんだ、いろいろと。二人で店番をしていたら、二頭立ての馬車が来たので、何かと思ったら葬式だって。この頃は、葬式に馬車を使うのは珍しいとジュンが教えてくれた。

三時に帰宅すると、ノラは千代さんのところに行っていた。自分の部屋にティーとパンとバナナを持ってきて食べたけど、このままじゃ本当にデブになっちゃうね。少し勉強していたら眠くなって仕方がないので　ベッドでウトウトしてしまった。

六時くらいに誰かが来たみたいで、デニスが私のことを呼んだ。今夜はレストランへ行くという。六時半に家を出るので、急いで支度をして下に降りると、なんとロシア人のヘレンが来ていて、彼女も一緒に行くことになった。ヘレンの息子は十五才で、今はロシアにいる友人のお母さんが面倒をみてくれているそうだ。息子には毎晩電話していると言っていた。

実は今日はデニスの六十一歳の誕生日なので、外に食べに行くことになったようだ。今日がデニスの誕生日だとは知らなかったのでプレゼントの用意がなく、申し訳ない気がしたけど、今となっては仕方がない……。

いつも行くパブとは違い、今日行ったのは二つ先の駅の近くにあるもっと広くて綺麗なレストラン風のパブだった。長男のティムもやってきたので、デニス、ノラ、ヘレン、私の計五人で店に入る。ここはバイキング形式のお店で、ターキー、ビーフ、ヨークシャープディング、肉団子、こういったものをコックさんがよそってくれた。それに野菜やポテト類もかなりとったので、食べ終わるとお腹がいっぱいになった。私はここでヨークシャープディングを初めて食べた。シュークリームの皮だけみたいで何とも美味しい。

ノラが木曜日にエクササイズに行く予約をしたと言った。もうチョコもケーキも食べないと言うので、私が「本当?」と聞くと、今度は本当だって。でも、ティムが「最近、彼女はずっとこんなことばかり言っているよ」と笑っていた。

それよりも、二、三日中にデニスにプレゼントを渡さなくっちゃ。普段から彼にはよくしてもらっているから、そのお礼も兼ねたプレゼントにしよう。

## 二月二日　金曜日

キョーコと十一時にピカデリーのホテルで待ち合わせしていたけど、十一時半になっても現れない。これが日本なら帰ってしまうところだけど、ロンドンはチューブがいつストップするかわからないので、もうしばらく待つことにした。そういえば彼女は携帯電話を持っているので連絡してみようと思い、駅の公衆電話の方に行くと、なんと向こうから彼女が歩いてくるではないか。

理由を聞くと、トルコ旅行から帰ってきてからずっと風邪が治らずに、昨日は一日中寝込んでいたそうだ。でも、今日はどうしても私に会いたくて来たけど、頭がボーっとしていたので三十分も遅れてしまったと言う。相変わらず熱が下がらないらしいが、そのまますぐに帰すのも可哀想なので、とりあえず本屋の五階にあるバーに連れていった。

バーといっても静かなところで、ソファーもあるし景色もいい。グラスワイン二杯とティーポットを頼み、持参した柿の種とパンをつまんだ。彼女の具合が心配だったけど、喋っているうちに元気が出てきたようだ。私が本好きなのを知っていて、おみやげにキレム（トルコの布地）のブックマーカーをくれた。

二人ともそれぞれ二時半、三時半に用事があったけど話し足りなかったので、いったん別れて、五時にまたホテルで会う約束をした。

それから私はマーティンのフラットに行き、英語のレッスンを受けた。マーティンは今日から日本語学校へ行き始めたらしい。話すことはできるけど、漢字を忘れてしまったので、また勉強し直すと言っていた。レッスンのあと、マーティンに相談して、帰国前に日本のみんなに最後に送るカードを作ってもらうことにした。デニス、ノラ、私、そしてビンゴとタウザーが写っている写真があるので、それを使うことにして、文面や印刷はまた今度やってもらうことにした。

五時に再びキョーコと合流して、ソーホーの中華屋で夕食をご馳走になる。チャーハンをとって、それとチキンレモンも美味しいというので半分ずつ食べることにした。どちらも美味しかったけど一皿で二人分の量があるので、結局食べ残してしまった。

もう少し彼女と話したかったので、マクドナルドへ移動してそこでまたお喋りした。彼女はマーティンに私のフラワーアレンジメントのカードを見せられたらしく、「私がトルコに行っている間に、また新しいことを始めたんですね」と言う。「あなたが初めての一人旅で頑張ったのだから、私も何か新しいことに挑戦しようと思って……」と答えた。彼女が働いている店でもその案内のカードを貼らせてもらえるか聞いてくれるというので、一枚を渡しておいた。

八時頃に彼女と別れて家へ帰った。キョーコからもらったショウガ湯をノラに飲ませると、ジンジャー味がするようで「ラブリー、ラブリー」と言って喜んでいた。それと、ノラは明日からダイエットを始める。「ノー・チョコレート！　ノー・ケーキ！　ノー・ビスケット！」と宣言したので、「デニス、ノラがこう言っているよ」と教えると、フンというような顔をした。

## 二月十八日　日曜日

午前中に教会に行ってきたけど、三人で教会に行くのも残り少なくなった……。

キョーコがうちに遊びに来たので、二人でイルフォードに出かけた。日本の百円ショップと同じように、ここにも一ポンドショップがあって、私は石鹸、彼女はシャンプーを買った。

次にショッピングセンターに行き、以前カヨコにご馳走したのと同じダブルのソフトクリームをキョーコにも買ってあげた。そこでビックリするような話を彼女から聞いた。それは、彼女がパリに移るということだ。今まで通っていた帽子制作を教える学校が三月に終了してしまうので、学校で知り合ったフランス人の友人からフランス語を習いつつ、パリの帽子の学校に通うつもりだとのこと。

彼女の目的は英語の上達だけではなく帽子制作の勉強だから、その方がよいと私も思う。帽子の学校が終わってしまったのなら、ロンドンにいても意味がない。それよりはパリへ行って、それぞれのスタイルを学んだ方が、彼女にとって有意義なはず。彼女はそのことを二、三日前に決めたのだけど、自分でも驚いていると言っていた。（写真はキョーコがロンドンで初めて作った帽子）

はじめちゃんのように慎重に物事を考える人にはできないだろうけど、長い時間をかけて慎重に考えればすべてうまくいくとは私は思わない。気分がのっているとき、やる気に溢れているときこそ、事を運んだ方がうまくいくことだってある。私がロンドンに来たときもそうだったから、キョーコの気持ちはよくわかる。

彼女、一度日本に帰ってからまたパリやミラノに行くとなると、今の決心を持続できないかもしれないと言っていた。自分の希望や決心を持続するのはたいへんなことだと思う。だったらそれは本当の気持ちではないのかというと、そうじゃない。それも自分の本当の気持ちなの。だから、今やりたいようにやった方が彼女のためになると思う。

「この前、初めて一人でイスタンブールに旅行したことがあなたの自信になって、今回のパリ行きを決心させたのだと思うよ」と彼女に言ったら、「ノブさんの言う通り。イスタンブールでも帽子の生地をたくさん売っていたので、私、ここで帽子作りをしてもいいなあと考えたんです。その帽子を作りたいという気持ちが、パリ行きを決断させたのかもしれない」と言っていた。若いねえ、若いって本当にいいことだね。こういう娘にはできるかぎり協力しようと思う。

一緒に家に帰って夕食までノラと三人でお喋り。夕食はアイリッシュディナーで、お客様用のテーブルセッティングをしてくれた。まずみんなで白ワインを開けて飲む。メニューは私の大好きなハムのボイル、それに赤白人参とスイード（日本のカブの大きいのみたい）をつぶして混ぜたもの。彼女も「美味しい、美味しい」と言って食べていた。そしてデザート、食後のティーと続き、彼女がノラのために買ってきたジンジャーチョコを食べた。彼女は物怖じしないで話すので会話が弾み、ノラもデニスも彼女のことをとてもいい子だとほめていた。

八時に彼女を駅まで送りにいったけど、ノラが帰り際に手作りのパンを持たせてくれた。駅まで歩いているときに、彼女が「ノブさんから聞いていた通り、二人ともいい人たちね。今日はロンドン生活の素晴らしい思い出になったわ」と言っていたので、本当によかった。

家に帰ると、ノラが「ノブ、ジンジャーチョコをみんな食べちゃった。普通のチョコは体に悪いけど、ジンジャーチョコはきっと体にいいと思うよ」とウインクして、指で鼻を長くする仕草をした。そして「アイ・アム・ピノキオ」と付け加えたので、二人で笑った。ピノキオって、たしかウソをつくたびに鼻が長く伸びたんだよね。チョコを食べた言い訳をするなんて、ノラって本当に可愛い人。

# 二月二十一日　水曜日

朝起きて部屋を出ようとすると、ドアの前にメモが置いてあるので、あれっと思って見てみるとデスモンドからで、昨晩ラムのホイル焼きを作っておいたことへのお礼だった。

デニスは仕事で、ノラも出かけている。おそらく目の見えない女性のところにお手伝いに行っているのかもしれない。以前そんな話をしていたから。

朝食を食べ終えて部屋に戻ろうとすると、隣の部屋からニーヴの声がする。昨日の朝、ニーヴのお母さんが二人の娘を連れてアイルランドのダブリンに行ったので、ノラの家でニーヴを預かっている。そっとドアを開けて、「おいで」という仕草で両手を広げると、一瞬〝？〟という顔をしたけど、すぐに笑顔になって両手を出して私のところに来た。抱きかかえると、すっかりなついてしまった。

リビングでニーヴを洋服に着替えさせて、おむつも取り替える。ニーヴと話していると英会話の初歩を勉強しているみたいだ。正しい文法で例えば「She has gone.」とか言うし、複数形も「dogs」と「s」をきちんと付けている。他にもいろいろ気づいたけど、日記を書く頃には忘れているんだよね。

十時頃にデスモンドが起きてきたので、彼にニーヴを預けてオックスファムに出かけた。今日はオリビアおばあちゃんが出勤していたけど、このおばあちゃんとは気持ちよく一緒に働ける。それにいろいろ話しかけてくるので会話の練習にもなるのだけど、今日は「日本に帰国するときのおみやげは

Nobu
Thank You ever so much for last night's dinner. It was delicious!!!
Once again, thank you!!!
Love

何？」と聞いてきた。家族は何回もロンドンに来ているので、特にほしいものはないと言ったのだけど、「洋服は？」「宝石は？」と聞くので、「日本の方がよい」と答えると、お客さんが笑っていた。でも何か言わないとオリビアが承知しないので「イングリッシュティー」と言ったら喜んで、彼女「オックスファムでも売ってるよ」ですって。

それとオリビアが、「娘が日本人は犬や猫を食べると言っていたけど、本当？」と聞くので、これにはきっぱりと「日本人は犬も猫も食べない！」と言っておいた。

他に寿司の話も出て、「スシは何と一緒に食べるの？　パン？　それともパスタ？」と聞くので、「スシはジャパニーズソイソースをつけて、スシだけで食べるのよ」なんて会話をしていた。まだまだ外国では日本のことをよく理解していない人が多いことがわかった。

オックスファムも来週で最後だから、カメラを持ってきてオリビアおばあちゃんの写真を撮ろう。

ここ数日、喉の痛みが治らない。そうそう、夕べのことだけど、ニーヴが面白かった。デニスに叱られたときに、なんと言ったと思う。「You are horrible man.」（アンタは嫌な人、という意味）だって。みんなで大笑いよ。

# 二月二十三日　金曜日

午前中、キョーコとビクトリア・アルバート・ミュージアムに行くと、学割が使えて料金はタダ。一時間ほど別行動で、それぞれ好きなところを見た。私は、アジアは飛ばして、ヨーロッパ各国のフロアーと、衣装に関するフロアーを見て回ったけど、キョーコが日本のフロアーも見てみようと言うので、その部屋を一緒に見た。

一時からファッションショーが開催されることになっていて、他のお客さんがテーブルでお茶を飲んだりランチを食べている周りをモデルたちがぐるりと回り、ちょうど私たちが座っている席のすぐ前を通っていった。それからモデルはイタリアのフロアーに入って、ミケランジェロのダヴィデ像やその他の彫刻の間を通り抜けていくんだけど、その後ろをプロのカメラマンやカメラを持ってきた素人（キョーコもその一人）がゾロゾロくっついて歩くので、見ていて面白かった。

それから帽子で有名なお店に行き、いろいろな帽子を見て回る。さすが本場だけあって、日本にはないデザインの帽子がたくさん飾ってられていたので、彼女も喜んでいた。

歩いてピカデリーまで出て、そこのマクドナルドでティーを飲みながらお喋り。ちょうどマーティンから彼女の携帯電話に連絡が来て、今日は仕事が入っていないと言うので、彼の家に集合することにした。

まず私のカードを作ってもらい、次にフラワーアレンジメントの写真をノートに印刷して、便せん

のようにした。マーティンが五ポンドでいいと言ったけど、高い紙を使ったりインク費用もかかっているはずなので十ポンドを払わせてもらった（それでも安い）。

これが六時くらいまでかかり、そのあとはソーホーのフランス料理店に行って三人でステキなカードができたお祝いと、少し早い送別会を開いた（私は帰国、キョーコはパリ）。スターター、メインディッシュ、デザートで一人二十ポンド。三種類からコースを選ぶことになっているので、それぞれ別のコースを選んで食べた。フランス料理なのにコッテリした感じがなくて、どれも美味しい。ボトルで白ワインを頼んだら、値段の割になかなかよい味だった。

あれだけの料理が出て、会計は八十ポンド、だいたい一万四千円くらいと安い。今まで二人にお世話になってきたので、今夜は私が払わせてもらうことにした。

とてもステキなカードができて嬉しい！

## 二月二十五日　日曜日

朝起きると外は雪景色。すでに止んでいたけど、庭は真っ白だった。桜が一重の白い花びらをあちこちで咲かせているというのに……。昨年は日本の桜を見られなくて、四月にロンドンに来てから方々で八重桜を見た。今年はこっちの一重の桜を見て、日本に帰ってからも花見ができそうだ。

教会に行って、ノラはワイン、私はお煎餅みたいなものを運んでお手伝いした。運び終えて戻ってきたとき、先日のワインの試飲会で私たちと同じテーブルについた夫婦が、孫らしき女の赤ちゃんを連れてきていたのに気づいた。その夫婦も私とノラに気づいたようで、こっちを向いて笑っていた。ああいうところで日本人がお手伝いしていると、余計に目立つのかもしれない。

教会の帰りに生花店に寄って、花の種と球根、キャベツの種、それに濃いピンクの蕾をいくつも付けている日本の椿に似た植木も買った。ノラとデニスは店の人に気に入られたようで、いろいろまけてもらっていた。特にノラは誰とでもすぐに仲よくなるからね。

それからロンドンの郊外で、教会とセレモニーセンターもある墓地に行って、辺りを散歩した。よく整備された綺麗な墓地で、ここは年配者専用の墓地なんだって。バラの木がたくさん植えられていたから五月頃に来れば、さぞ美しいだろうなと思った。ここはデニスのいとこが眠っているところで、そんなところにまで連れていってくれた。

今日はロシアのジュリアが来ることになっていて、彼女が泊まれるように部屋を掃除していたけど、途中でデニスが消えてしまった。「たぶんパブに行ってると思うよ」とノラが言うので、間違いないと私も相づちを打ち、そして二人で笑った。

お昼を食べているとき、「デニスはアフタヌーンティーは嫌い?」と聞くと、「好きよ」とノラが答えた。アフタヌーンティーはスコーン、サンドウィッチ、ケーキとティーだけだから、デニスは大丈夫かと聞くと、大丈夫と言うので、ノラとデニスをウォルドーフホテルのアフタヌーンティーに招待する話を切りだした。「でもあそこは高いんでしょ?」「大丈夫、私お金持ちだから」そんな会話をして、ティーダンスが開かれる土曜か日曜に予約を入れることになった。ノラたちはそのホテルは初めてで、しかもダンスもできるので喜んでいた。私も二人が楽しそうに踊る姿を見たいし、それに今までこの一家が私にしてくれたことを考えると、これくらい安いもんだよね。私だって楽しむのだから。

部屋で手紙を書いていると、五時頃に誰かがドアをノックした。ジュリアだった。ロシアのチョコレートをおみやげにくれたので、私も今までとっておいた日本の切手を素敵なプラスチックの箱に入れてプレゼントした。彼女はそれをとても気に入ってくれた。

夕食のときはジュリアが喋りまくり、デニスはテレビが聞こえないのでボリュームを上げたほどだった。夕食が済むと、ジュリアは今夜友だちの家に泊まりに行くとかで、ノラが駅まで車で送っていった。帰ってきたときにノラがドアのところでつまづいたので、「ノラ!」ささえたら、「今日はすごく疲れているの……」と言って、ソファに座り心臓の辺りをさすった。ノラの顔には疲労の色が浮かんでいた。家から駅まで徒歩五分なのに、どんなに疲れていても送っていくノラ。本当にやさしい人だと思う。明日からニーヴが家に来るし、ジュリアも戻ってくる。手のかかる二人の面倒を見なければいけないのだから、ノラもたいへんだ。

## 二月二十八日　水曜日

今、夜の十時。外は雪が舞っています。明日は料理教室で早く家を出なくてはならないから嫌だなあ。

今日はオックスファム最後の日で、朝から雨。この前、私がカメラを持ってくると言ったので、オリビアおばあちゃんはとびきりのおしゃれをしてきて、パールの長いネックレスとクルスのネックレスまで付けてきた。パールは安物だとすぐわかったけど、一応は誉めたら「ほしかったらあげるよ」と簡単に言うので、丁重にお断りした。それに、オリビアの娘が私の住所を知りたがっているという。ちょうどその娘さんもオリビアを迎えに現れたので、私の方から手紙を送ることにして住所を教えてもらった。

毎週水曜日は、少し知的障害がある男の子がオックスファムに来る。彼はとても気を遣ってくれて、朝行くと私のコートを掛けてくれるし、しょっちゅう私に声をかけてくる。

今日その子が、この前オックスファムのみんなを撮った写真を持ってきた。私が写っている写真が三枚あったので、「これ、ほしい」と言ったら、来週ネガを持ってくると言う。オリビアが「彼女は今日で終わりだから、写真をあげなさい」と説明すると、その子は私に写真をくれた。でも、そのあとがたいへんで、「写真を見せて。どれを焼き増しするか覚えるから」とか「ナンバーを控えなきゃ」と何回も来る。そのたびに袋から出し入れしたので、くたびれた……。オリビアが見かねて注意してくれたけど、でも彼はノブに好意を持っているんだよ、とオックスファムのみんなは言った。

彼のお父さんが迎えに来たとき、マネージャーのクリスが「彼はノブに写真を三枚あげました」と説明して、正式に私を紹介してくれた。お父さんはとても礼儀正しい人で、きちんと挨拶してくれた。

仕事の時間が終わると、オックスファムの一人一人に挨拶して、握手をして帰ってきた。一月三日から丸々二カ月働いたけど、会話の勉強にもなったし面白かった。

家に帰ってからは夕食まで、帰国にあたっての挨拶文を書いた。基本文は次の通り。

「○○さま　ロンドンも白の一重の桜が咲き始めました。そしていよいよ私のロンドン生活も幕を下ろす時が近づきました。当初は一年は長い、最後までやり通せるかと不安でしたが、無事終了させることができそうです。こちらに来なければできない貴重な経験もたくさんし、ロンドン生活も充分に楽しむことができました。これも○○様の温かい励ましのお陰と心より感謝しております。本当にありがとうございました――

春三月　ロンドンにて　Ｎｏｂｕ」

最後の「春三月　ロンドンにて」というところが気に入っている。さて、いよいよ明日から三月である。

## 三月三日　土曜日

日本は雛祭り。今日はよい天気なので、昨日積もった雪もそのうちに溶けてしまうでしょう。朝、郵便局に行って、この前書いた挨拶カードを十三通出してきた。これが第一陣。郵便局のオバサンに「You are busy !」と笑われたよ。

家に戻ると、ニーヴのお父さんとお母さんが来ていて、今度、お母さんのクリスティーヌは一週間プラハに出張するとのこと。詳しくはわからなかったけど、彼女の職業はコンピューター関連だという。

デニス、ノラ、ニーヴ、それに私の四人で買物に出かけ、農家の直売店でデニスが花をたくさん買った。そのときニーヴが「Oh beautiful. I like them.」なんて言うからビックリ。ニーヴはどんどん言葉を覚えるし、しかも正確な英語を使うから、彼女が何か言うときは注目している。

次にテスコというスーパーに行って、いつも飲んでいるティーを自分のおみやげ用に買った。お金を出そうとしたら、ノラが払ってくれて、「ノブが日本でこのティーを飲むときに、私たちのことを思いだしてね」と言っていた。

午後はマーティンのために推薦文を書いた。マーティンの英会話教室の生徒が、病気や帰国や仕事などの理由で次々やめることになった。それに私は日本に帰るし、キョーコもパリに行ってしまうので、ジャパ専という日本語新聞に募集公告を載せて、面接のときに私の推薦文を見せたいと言う。私には他に知り合いもいないので、今までのお礼の意味も込めて推薦文を書いた。次のような文章。
「推薦文　これからマーティンのレッスンを受けようかな、と思っている貴女へ。ワンツーワンレッスンは、自分のレベルに合わせて希望する授業が受けられます（例えば、文法、日常会話、文章作成ｅｔｃ）。マーティンは日本語が話せるので、英語でどうしても理解できないところは、日本語で質問・回答ができます。とても親切な先生で、生徒一人一人に丁寧に教えてくれます。明るい性格で、私も毎回授業を楽しく受けられました。以上の理由で、私はマーティンを推薦いたします。どうぞあなたも最初の一歩を踏み出してください。

飯田信」

夕食は、ノラとニーヴと私の三人で。食べ終わってテレビを見ていたら、デニスがパブから戻ってきて「何か飲む？」とお酒を誘う。こういうときは一緒に飲むと喜ぶのを知っているから「Yes, please.」と答えて、ウイスキーと砂糖のお湯割りを飲んだ。途中でノラの妹が家に寄り、それから三人でまた飲んでいると、デニスがしんみりと「もうすぐノブがいなくなるなあ……」とつぶやいた。

今夜はホットウイスキーが入っているから温かい。

よく眠れるだろう。デニスがそれをセントラルヒーティングという。

## 三月六日　火曜日

今夜はロシアのジュリアとヘレンが来る予定になっている。ノラは午後アルツハイマーの千代さんの看病に行かなければならないし、ニーヴの面倒はデスモンドが見ることになっている。みんな忙しそうなので、ディナーは私が作ることにした。いろいろ考えたけど、メンチとコロッケに決定。ビーフの挽肉、ジャガイモ、タマネギ、小麦粉はあるので、あとはパン粉があればいい。一応、それを確認してから外出した。

まず、表玄関が改修されてから一度も足を運んでいないので、大英博物館に行くことにした。改修にともない、ショップ関係が移動して、トイレも以前よりわかりやすい場所にあった。今回はロゼッタストーンの見学を中心にして、ギリシャ、ローマ、エジプトなどのフロアーを回った。

大英博物館の図書館周辺のカフェでお茶を飲むつもりだったが混みあっていたので、ラッセルスクエアの公園まで行くことにした。今日は天気がいいので、けっこう人がいた。今の時期はクロッカスの花が見事だけど、もう少しすると水仙が咲くだろう。外のテーブルを見つけて、そこでカプチーノとパンを食べる。久しぶりに来たので懐かしい感じがした。セントジャイルス校のときはずいぶんこ

の公園にはお世話になった。（はじめちゃんと私でガンバロー公園と名付けた）

　そこから歩いて、トッテナム、ピカデリーへと行き、アリガトーという日本食の店でパン粉を買い、そのままセントマーティン教会に無料コンサートを聴きに行く。今日はピアノの演奏だったけど、内容自体は以前来たときの方が素晴らしかった。

　うちに帰るとデスモンドがいて、ニーヴもちょうど眠ったところ。さっそく夕食の準備に取りかかり、メンチは香辛料をきかせ、コロッケは俵型にしてジャガイモ以外は何も入れず、その代わりバターをたっぷり入れた。みんなにはメンチとコロッケを盛ったけど、私は味見しているうちにお腹がいっぱいになったのでメンチだけにした。そして台所にある野菜を付け合わせて完成。

　夕食のときはメンチもコロッケも大好評で、みんな口々に美味しいと言って、ノラはメンチを二つも食べた。そういえば、ヘレンが私にブレスレットを買ってきてくれて、とても嬉しかった。ヘレンはそういう気遣いができる人で、さっきもデニスがお酒を飲み過ぎてノラを怒らせたときに、さっとお開きの合図をして食器類を台所に片づけた。逆にジュリアは気がきかなくて、いつまでもペラペラ喋りまくっている。たぶん、みんなも心の中では辟易してることだろう……。

　ヘレンからもらったブレスレットのお返しに、とし子さんから送られてきた和風のハンカチをあげた。渡すときに「Japanese handkerchief」と言って、手をふくジェスチャーをしたけど、よくわかっていなかったみたい。ロシア人はハンカチを使わないのかな？　ハンカチはあと一枚残っているけど、ジュリアもチョコレートをおみやげにくれたので、帰国するとき彼女にあげようと思っている。

## 三月八日　木曜日

料理学校なので、九時には家を出る。これが最後かと思うと、なんだか名残惜しい気がした。やっとおばあさんたちと仲よくなったし、それに今まで恐くて話しづらかったおじいさんまでも最近は「ノブ、ノブ」と声をかけてくれるようになったのに……。

料理が始まると、みんなはオレンジケーキの方に行ってしまい、私とシスターだけでパスタを担当することになった。このシスターは何もできない割にお喋りで、一緒に組むのはちょっと苦手だ。途中で私と仲のよいおばあさんが手伝ってくれることになって助かった。

今日は料理教室のみんなに感謝の気持ちとして、久美が日本から送ってくれたお箸を渡そうと思っていた。箸は一膳ずつ久美が丁寧に千代紙で包んでくれていた。食事もメインディッシュが終わってデザートに入ろうというときに、先生に理由を話して箸を配ることにした。「Japanese chopsticks」と箸を差し出し、それぞれの人に「Thank you very much.」と言ったら、みんなも喜んでくれた。先生には輪島塗の夫婦箸と、とし子さんが送ってくれた巾着を渡した。とても感激したようで、今年のクリスマスにはカードを送りたいと言ってくれた。

みんなに見送られて教室を出たとき、「あ〜あ、終わっちゃった」という妙な寂しさが募った。料理そのものより会話の勉強のため料理教室にかよったけど、みんなとてもよい人たちだった。先生も日本人一人の私に常に気を遣ってくれて……。コップの中でパセリを切るのには驚いたけど、みんなの中にとけ込み料理も上手にできたし、それをみんなで一緒に食べるのも楽しかった。

ニーヴは料理学校で作ってきたパスタが気に入ったようで、綺麗に食べた。それに最近はオマルで用を足すよりもトイレに行きたがるようになり、オシッコやウンチをしたくなると私のところに来る。ウンチが固くてなかなか出ないので、私が「finish」と言って立ち上がると、ニーヴは「Nobu,sit down!」と言って、まだ頑張っているから可笑しい。

## 三月十一日　日曜日

昨夜、ニーヴのお父さんが遅くに迎えに来て、彼女を連れて帰ったとのこと。ホットウイスキーを飲んでいたので、朝までぐっすり寝ていて気づかなかった。

三人で教会に行くのは今日が最後。ジョン（近所に住むノラの友人。夫婦ともアイリッシュ）にお別れの挨拶をしたときに、「帰国はいつ？」と聞かれたので、金曜日に帰ると伝えた。ところがノラは、ずっと土曜日だと思っていたらしい。というのも、私が土曜日までのホームステイ代を払っていたからだ。金曜日までなんて中途半端な払いをしたくなかったので、一週間の区切りの土曜日まで払った。

教会のあと、みんなで千代さんの家に行くと、ノラを見て千代さんは嬉しそうな顔をしていた。千代さんのご主人から私に、日本に電話してくれるように頼まれていたので、そこから千代さんの友人とお姉さんに電話した。千代さんに電話を代わってお姉さんの声を聞かせると泣き始めたので、千代さんのご主人もノラも私も、ついもらい泣きしてしまった。

家に帰って昼食をとり、二時半頃にアフタヌーンティーに出かけた。ノラもデニスもお気に入りの格好で着飾ったので（二人とも私がクリスマスにそれぞれプレゼントしたバッグを持ちネクタイをしていた）、私も先日買ったピンクのセーターと、花模様のあるスカーフ、イヤリング、そしてはじめちゃんに買ってもらった薄手のコートでおしゃれをした。

ウォルドーフホテルには三十分くらい早く着いて、予約の確認を済ませてから案内してもらうと、とてもいい席が用意されていた。ウエイターがメニューを持ってきたので、シャンパン付きのコースにする。紅茶はアッサムティーにした。ティーもサンドウィッチもスコーンもケーキも、すべて美味しかった。

ダンス用に正装した人が多く、しかもオーケストラの生演奏もあって豪華な雰囲気。朝はあんなに楽しみにしていたのに、デニスもノラも完全にビビってしまい、ダンスが始まっても踊ろうとしない。私が何度勧めても見ているのが楽しいとか言って踊らない。おいおい、それは私のセリフでしょ！そのうちノラがその気になってデニスを誘ったけど、彼は頑として動かない。二人で踊れるから、ここを選んだのに。

あとでノラが「デニスはシャイだから……」と言っていたけど、たしかに普段のデニスは内気な人で、彼が踊っているのは、お酒を飲んだときだけだった。来る前にウイスキーでも飲ませておけばよかったなあ……。

あ〜あ、と内心思っていたときに、一人の男性がテーブルにやって来て、ノラに「踊っていただけませんか？」とアプローチした。私は思わず、天の助け！と思って、「ノラ！」と声をかけると、二人は階段を下りて踊り始めた。なんだかんだ言っても、やっぱり上手だったし、楽しそうに踊っている。本当によかった。

六時半頃になると周りが引き上げ始めたので、私も会計を済ませてから戻ると、ノラがイギリス人の老婦人と話している。彼女の娘は、日本の昭和女子大で先生をしているらしい。文京区の江戸川橋に住んでいると言っていた。

家に着くと、二人とも私に今日のお礼を言ってくれた。ノラはとても喜んでいたけど、デニスは……？　彼も強情だね。私がお酒を飲みたくないときでも、彼に「Please!」と言われれば飲んであげるのに。

でも、今日のことが終わってホッとした。私も充分楽しめたしね。これでまた明日から楽しくやっていける。だけど、こんなときは自分も上手に踊れるといいなあと思った。今夜もティーを何杯も飲んだので、遅くまで眠れないでしょう。

## 三月十三日　火曜日

ユミコとお別れの日。まずトッテナムのカード屋でカードを、文房具屋でポストカードを買ってから本屋の二階にある喫茶店に行った。時間が早かったせいか中は空いていて、アッサムティーを注文して窓側の席に座った。ユミコのホストマザー、イナが昨日カードをくれたので、電話でお礼を言う代わりにカードを送ることにした。彼女は音楽が好きなので、猫がチェロを弾いているカードを選んだ。

次は友人の住駒さんに送るポストカードを書いた。

「ロンドンは今桜が満開です。そしていよいよ私のロンドン生活も幕を下ろすときが来ました……。〝せっかく職場をやめてまで行ったのだから、話せるようになるまで帰るな〟と言えと彼に言ったようですが、そうするとあと二、三年は帰れないので、いったん帰国させてください……。では、日本でお会いできる日を楽しみにしています。　Nobu」

そしてティーを飲みながら、ゆったりとした時間を楽しんだ。

そのあと、ユミコの通う学校の近くで待ち合わせて、二人で陶器店を見て回ってから予約を入れているレストランに向かった。彼女がズーッと来たいと思っていた店だって。

そのイタリアンレストランは明るく清潔な雰囲気のお店で、来ているお客もおしゃれな人が多かった。彼女の大好きなE・クラプトンや、それに生前のダイアナ妃もときどき来店していたそうで、日本からのツアー客も多いという。私たちが食べたロブスターのパスタは、とても美味しかった。

ガイドの本には、この店は薄味で日本人の口には合わないと書いてあったようだが、そんなことはなく、充分に美味しかった。私が日本から持ってきた本もそうだけど、この手のガイドはあまり役に立たないことをあらためて認識した。今日はユミコのおごり、ごちそうさま。

食事のあとは街をぶらつきながら靴屋や小物屋をのぞいて、少し疲れたところで彼女が前から入ってみたいと思っていたというカフェに入った。私はビール、彼女はライムジュースを注文して、ゆっくりとお喋りの時間を過ごした。彼女はこれから先のことを決めていないけど、しばらく残ることにしたらしい。私は今はもう帰国の準備をして、日本に気持ちが傾いているはずなのに、ユミコやカヨコのロンドンに残るという決心を聞いたとき、羨ましいと思った。

彼女と別れがたくて、予定より帰り時間が遅れてしまった。家に帰るとノラが夕食を出してくれたので、食べながら今日一日の話を聞かせた。夕食が美味しかったので、「うちの料理の方がレストランより美味しいよ」と言ったら、ノラは喜んでいた。

ここ数日、オックスファムのみんな、マーティン、カヨコ、ユミコ……、そして明日はキョーコと、毎日のように誰かとお別れするので、なんだかとても寂しい気持ちがした。

## 三月十四日　水曜日

今日はキョーコと送別会、二人の好きなウオータールーホールで会った。もう私には不要な化粧品、文房具、シャンプー等を彼女にあげた。

十二時半よりコンサートが始まったので食べながら聞くことにした。彼女がティー、サンドウィッチ、ケーキをご馳走してくれ私がワインを買う。彼女とは最近週一回くらい会っていたので、来週から会えないなんて信じられなかった。

帰宅したらノラが「ノブ、今夜はレストランで食事よ」と言う。「ノラ私のためにお金を遣わないで」と言ったら、私を抱きしめて「私も行くのが楽しみなのよ」と言うので、「本当は私も楽しみなの！」と言って二人で笑った。

私がなんとなく「デニスの誕生日に行ったレストランにもう一度行きたいなあ、あそこのヨークシャプティングは美味しかった」と思っていたら、なんとそのレストランだった。デスモンドは用事があって来られなかったがティムが来てくれた。

四人が席についてビールが来て、サアこれからと言う時に私がコートを脱ごうとしたら、最近買った百合の花のスカーフをコートのファスナーが咬んじゃって開かない。ノラがやってもデニスがやっても、店のウエイトレスまで来てやってくれても開かない。ティムが「切っちゃえ」と言うので「ダメ！　これ新しいのだから」と途方に暮れていたら、ノラがファスナーにパンに付いてきたバターを少々つけた。そしたら滑りがよくなって開いた。めでたし、めでたし。みんなホッとしてそれからたくさん食べた。

私も好きな、ヨークシャプティング、ターキー、野菜の煮たの等々。ティムが「ノブ、ロンドン生活を楽しんだ？」と聞いてくれ、私は「もちろん、本当に楽しかった」と知っている言葉の内の最上級の感謝の言葉を言った。そしたらノラは私がデニスとノラをウォルドーフホテルのアフタヌーンティーに招待した話をティムにもした。

ノラはあの招待以来、あちこち電話して、娘や友人に自慢していた。今、イギリス人はホテルのアフタヌーンティーはあまり行かないそうだ。学校の先生が言っていたけどアフタヌーンティーは日本人の観光客ばかりが行くんだって。でも、そんなに喜んでくれるなんて招待して本当によかったと思う。

みんなの胸の内には「もうすぐ私がいなくなる」との思いがチラチラとかすめているようだけど、それでも話が弾んでとても盛り上がった。最後の締めは男性はビール、私はもうお腹が一杯で入らないと言ったら、ノラが片目をつむってコーヒーにしようと言うので従ったら、なんとアイリッシュコーヒーだった。ノラ！　なんで私が食べたいもの、飲みたいものがわかるの？

ティムは自分の車で自宅へ帰った。別れ際に抱き合って別れの挨拶をしたけど、なんだか別れるのが悲しかった。

家に戻ってノラとデニスがレターとおみやげにアイリッシュウイスキーと化粧品を贈ってくれた。ステイしていた生徒におみやげをくれるなんてこの家ぐらいでしょう。本当にありがとう。

## 三月十五日　木曜日

朝からスーツケースの整理。ウイスキーや化粧品などの壊れ物は包んでスーツケースに入れて、お菓子などのおみやげ、辞書、この日記などは手提げ袋に入れた。スーツケースにはまだスペースがあるので、私になついている犬のビンゴを入れて帰りたいと思った。台所の体重計で量ると、二十キロを指していた（個人の場合預ける荷物は一人一ケで二十キロまでOKだ）。

そのあと、オックスファムに持っていくものを袋に詰めながら、部屋の片づけをする。黒のコートはビオラにあげるので、「ビオラへ」というタグを付けておいた。週に一回は部屋の掃除をしていたので、最後の大掃除もすぐに終わった。時計、ペン立て、脱衣用のカゴ、それに手動式の鉛筆削りは次のスチューデントのために置いていくことにした。そのことをノラに告げると私に感謝してくれた。

掃除が終わって一息ついたとき、明日から自分がこの家にいなくなることが信じられなかった。途中、キョーコから電話がきたので明日から自分がロンドンにいなくなるのが信じられなくて来週また会う約束をしそうだと言って、二人で笑った。

オックスファムに行くと、（ノラいわく）頭のスローな子が来ていた。「あれ、また戻って来たの?」「そうじゃなくて、明日帰るんだよ」彼との再会（?）を祝して、抱き合って挨拶した。ビオラにあげるコートを渡してオックスファムから引き上げ、帰りは郵便局に寄ってカードを出してきた。

夕食のときはデスモンドも戻ったので、四人で最後の晩餐をとる。食後のデザートに、ノラが私の大好きなトライフルを出してくれたので、二杯も食べてあとで苦しくなった。そうなることはわかっていても食べてしまうのだ……。ノラの作るトライフルはおいしい。

七時になるとノラと二人で、イルフォードのシアターにダンスを見に行った。ノラが私のためにシアターを予約してくれた。プロのダンサーかと思ったら、いくつかのダンス学校の生徒によるもので、トップのアイリッシュダンスを踊った生徒は、さすがに上手だった。

ベリーダンスのとき、二段腹をスカートからはみ出させて踊っている女生徒がいたので、お腹くらい隠せばいいのにと思っていたら、ノラもあとで、「すごいお腹をしていたねえ。あれに比べれば私のお腹はまだ小さい方よ」と笑っていた。とにかく、このダンス大会はとても楽しかった。ノラ、本当にありがとう。

十時くらいに家に着いて、デスモンドに「明日の朝、あなたが寝ている間に私は出発するから」と言って、お別れの挨拶と握手をしてから自分の部屋に戻った。

明日飛行機で眠れるように、今夜はしばらく寝ないで起きていることにした。

## 三月十六日　金曜日

朝の六時半に、デニスに挨拶しようとして下に降りると、ノラがデニスのサンドウィッチを作っていた。デニスは「またおいで」とやさしく言ってくれた。それに朝の忙しい中、ノラは私のためにパンを焼いてくれた。そのうちにデスモンドも起きてきたので挨拶をして、ビンゴとタウザーにもビスケットをあげてお別れする。喜んで食べていたけど、私がいなくなるのを知っているのかな？

八時二十分にノラと家を出る。ホルボーンで乗り換えて、ピカデリーラインのホームでお別れ。二人で抱き合って泣いた。飛行機が動き始めたとき、突然「嫌だ、帰りたくない！」という思いがすごく強く出て思わず涙が出た。これは自分でも意外だった。

## 三月十七日　土曜日

十二時間の長いフライトを経て、成田に到着した。

はじめちゃん、私、どんな顔をしていました？　成田に降り立つときは輝いていたいと願っていたんだけど……。そんなことをしないと思っていたのに、はじめちゃんが私を抱きしめてくれたから、とても嬉しかった。それはきっと一年間ロンドンで頑張った私へのはじめちゃんからのごほうびでしよう。

自宅に戻ってから、ノラが焼いてくれたパンを切り、デニスがおみやげに持たせてくれたアイリッシュウイスキーを味わった。

＊　＊　＊

今、できるならロンドンの、デニスとノラの家に帰りたい。写真を見ると、涙が出る。ビンゴやタウザーも抱きしめたい。必ず、必ずいつかまたノラたち一家の元に帰ろうと思っている……。

# あとがき

いかがでしたか？　後先を考えずに定年前に退職し、ひたすら夢に向かって翔んだ五十六歳オバサンのロンドン留学奮闘記、楽しんでいただけたでしょうか？

もし、短期間でも外国に住んでみたいと思っていらっしゃる方がこの本を読まれて、お一人でも一歩踏み出す決心をされたなら、私もこの日記を出版させていただいた目的が一つ果たせます。

そして、もし、この本が沢山売れたら、私に多くの素晴らしい経験をさせて下さったデニスとノラを日本に招待し、今度は私が色々な経験をさせてあげたいのです。

今回、日記を出版するにあたり一年間書き綴った日記を読み返してみて、「様々な国の多くの人々にお世話になったんだなあ」と今さらながら感謝しています。

自分の母親ほどの私を受け入れてくれた、ユミコ、キョーコ、カヨコさんをはじめメアリーや学友の皆様、そしてルルやノラをはじめホストファミリーの皆様、ショーンやマーチンをはじめ懸命に英語を教えてくださった先生方、本当に有難うございました。

　また、多くの友人が送ってくださった日本からの手紙は、挫けそうになる私を常に勇気づけてくれました。

　そしてなにより、私がロンドンで一年という長い期間を過ごせたのは、はじめちゃんや、三人の子供、奈美、友美、久美の協力と励ましのおかげです。

　外国に住むという事は思った以上に体力、気力を必要としますが、それでもなお行ってみる価値は充分あると思っています。

　最後に私のつたない日記をこの様なすてきな本に仕上げてくださった、吉田さん、加納さんをはじめ文芸社の方々に厚く御礼申し上げます。

【著者プロフィール】

**飯田　信**（いいだ　のぶ）

1944年　福島県白河市に生まれる
1963年　東京都主税局勤務
2000年　　　〃　　　　退職
その後一年間ロンドンで留学

**夢に向かって翔んだNobu《ノブ》さん**

2001年11月15日　初版第1刷発行

著　者　飯田《いいだ》　信《のぶ》
発行者　瓜谷綱延
発行所　株式会社　文芸社
〒112-0004　東京都文京区後楽2−23−12
電話　03-3814-1177（代表）
　　　03-3814-2455（営業）
振替　00190-8-728265

印刷所　株式会社　フクイン

乱丁・落丁本はお取り替えいたします。
ISBN4-8355-2647-3 C0095